AU-DELÀ DES DIFFÉRENCES

Ouverture d'esprits mais pas que…

Préambule

En France, chaque personne majeure a le droit à une vie affective et sexuelle, qu'elle soit valide, atteinte d'une maladie, handicapée physique, sensorielle ou mentale. Et pourtant ce droit est très, voire trop souvent bafoué par des personnes ne pensant pas toutes à mal.

En effet, la France compte environ douze millions de personnes atteintes d'un handicap et toutes n'ont pas la chance de pouvoir être autonomes dans leur quotidien, que ce soit pour la toilette ou pour d'autres actes qui nous sembleraient normaux pour toutes personnes.

Que diriez-vous si l'on vous interdisait d'avoir une vie sentimentale, affective ou sexuelle ? C'est malheureusement le cas des personnes ayant un handicap mental ou encore physique, leur empêchant de se mouvoir seules.

L'éventualité que des personnes ayant une déficience mentale aient un désir d'une vie affective, voire sexuelle, est inconcevable pour certains. Le droit à cette vie peut donc être soumis aux réserves des familles et des directions des établissements de soins qui ont une peur viscérale que leur soit reprochée la faiblesse des personnes sous leur surveillance.

Un problème rencontré également par les personnes handicapées physiques qui, étant dépendantes d'une tierce personne pour les transferts fauteuil/lit et pour l'habillage/déshabillage, n'ont pas le choix d'une assistance pour avoir une vie affective et sexuelle. De plus, chacun d'entre nous a le droit à son intimité.

Dans les établissements accueillant ces personnes (cliniques de rééducation, hôpitaux, centres spécialisés), les portes sont souvent dépourvues de serrure et laissées ouvertes par le personnel de santé, qui ne pense pas au manque d'intimité relatif à cet acte. De plus, dans ces endroits, la sexualité n'est jamais abordée par les équipes médicales. La sexualité ne peut donc être vécue sans problème.

En effet, dans le cas d'une personne handicapée autonome, le couple handi/valide ne peut bénéficier d'une intimité convenable par l'impossibilité de verrouiller la porte de la chambre et également par un manque d'information sur la manière de reprendre une sexualité avec une personne ayant un handicap.

Dans le cas de deux personnes handicapées dont l'une ou les deux sont dépendantes, l'aide d'une tierce personne est nécessaire pour le rapprochement physique de ces deux personnes et c'est là que le problème se crée. En effet, le soignant qui souhaiterait apporter son aide serait susceptible d'être sanctionné par sa direction, voire dénoncé par d'autres personnes qui pourraient voir là des actes répréhensibles.

Nous vivons dans un pays où les lois se contredisent et où les volontés d'actions de certains sont empêchées par d'autres.

Afin de pallier la pauvreté affective des personnes handicapées, des formations d'assistants affectifs et sexuels ont vu le jour dans certains pays limitrophes et en France. Lors de ces stages, il est inculqué le respect des droits et les façons de s'occuper d'une personne handicapée.

Ces formations, bien que mal perçues par certaines personnes, sont autorisées dans notre pays. Mais la mise en relation d'une personne formée avec une personne handicapée, est considérée comme du proxénétisme. Car pour la loi française, même si le droit à une vie affective et sexuelle existe, ceci est considéré comme de la prostitution.

Alors malgré les risques encourus, des personnes font le lien entre l'offre de service et la demande.

La tendresse, l'amour et la sexualité n'ont que les limites que nous leur mettons. Les pouvoirs publics ne sont pas près de faire évoluer les droits des personnes handicapées, car des lobbyistes s'infiltrent auprès des législateurs, les invitent, leur offrent des services et se permettent de leur écrire des rapports qui vont à l'encontre des besoins spécifiques de la population.

Aline

Du haut de son un mètre quatre-vingt-six, Aline était une jeune femme rousse de vingt-deux ans. Promise à un grand avenir de médecin, comme ses parents avant elle, elle entamait déjà sa cinquième année à la faculté de médecine de Grenoble.

La jeune femme avait toujours placé ses ambitions professionnelles avant sa vie personnelle, mais depuis quelques jours, un étudiant lui faisait la cour et ce n'était pas pour lui déplaire. Paul avait quatre ans de plus qu'elle, le grand Blond était l'un des rares hommes qui arrivait à planter ses yeux dans les émeraudes de l'étudiante.

À force de compliments, il avait su briser la carapace d'Aline et c'est main dans la main qu'ils parcouraient à présent la cité universitaire. Paul était très entreprenant et aurait aimé que les bisous d'adolescents et les quelques caresses plus ou moins appuyées ne soient pas la seule chose que la jeune femme lui offre.

Le mois passa et le jeune homme montra quelques signes d'impatience, il voulait de réels contacts avec Aline et un soir, alors qu'ils rentrèrent d'un repas chez les parents de la jeune femme, Paul arrêta sa voiture dans un chemin forestier. Il se tourna vers la jolie Rousse et l'embrassa fougueusement.

Aline sentit une main déboutonner son chemisier, elle ressentit un mélange d'excitation et de peur. L'autre main du jeune homme ne resta pas inactive, elle passa dans son dos, l'attache de son soutien-gorge sauta, libérant deux petits seins dont les petits tétons masquèrent mal un certain plaisir lors de la stimulation de ceux-ci par la bouche de son partenaire.

De son côté, la jeune femme caressa la chevelure du beau Blond, mais lorsque celui-ci voulut lui ôter son pantalon, elle se raidit et le repoussa. En effet, elle ne se sentait pas encore prête à connaître sa première fois.

Paul la regarda alors droit dans les yeux et lui fit savoir qu'il en voulait plus. Il ouvrit son pantalon, sortit son sexe et le présenta à la jeune femme et lui ordonna de faire le nécessaire pour calmer son désir. Elle eut soudainement peur de lui et à contrecœur se pencha sur cet organe qu'elle n'avait vu qu'au repos lors de ses études. Elle le caressa maladroitement, sortit sa langue, mit ses lèvres sur le bâton de chair qu'elle dut avaler par la pression exercée sur l'arrière de sa tête.

Paul devint un autre, il imprima un mouvement de succion sur son sexe en agrippant la chevelure de la demoiselle. Aline, ayant peur d'une mauvaise réaction de son partenaire, le laissa faire et après quelques minutes, il se répandit dans sa bouche. L'odeur et le goût du produit du plaisir de cet homme étaient vraiment immondes. Elle ne put s'empêcher d'ouvrir la porte et de vomir à côté du véhicule. Elle pensa alors que cette entrée dans la sexualité était un vrai fiasco et elle ne se sentait pas prête à recommencer.

L'homme devint odieux ! Il lui reprocha d'avoir vomi ce qu'il pensait être un nectar. Les deux jeunes gens reprirent la route vers leurs logements respectifs. Paul ne la regarda pas, il se contenta juste de se prendre pour un pilote de rallye sur les routes sinueuses. Les virages furent pris à des vitesses de plus en plus folles et à la sortie de l'un d'entre eux, le jeune homme perdit le contrôle de son bolide… Après avoir subi quatre tonneaux, le véhicule s'immobilisa dans le fossé. Un homme arrivé en sens inverse fut, malgré lui, spectateur de l'accident. Il arrêta des véhicules afin de sécuriser les lieux, puis s'approcha de l'amoncellement de tôles écrasées.

À l'intérieur, seul le conducteur se plaignait. La passagère, le visage ensanglanté, semblait inerte, mais elle avait un pouls. Le témoin prit alors son téléphone et contacta les secours. Il fit un bilan de ce qu'il venait de constater. Après avoir raccroché, il entendit le jeune homme dire qu'il avait gâché sa vie, que son année de médecine était foutue.

À l'arrivée des pompiers, du S.M.U.R. et des gendarmes, l'homme fit un rapport complet. Il expliqua dans les moindres détails tout ce qu'il avait vu et entendu.

Du côté des pompiers et de l'équipe d'urgentistes, c'était alors une course contre la montre. La jeune femme était dans le coma et il fallut l'extraire au plus vite de l'épave. Après avoir coupé le véhicule pour faciliter l'accès du plan dur, Aline fut désincarcérée. Ses jambes étaient fracturées au niveau des fémurs et, sans des analyses plus approfondies, les urgentistes étaient dans l'incapacité de connaître les autres lésions subies par la passagère. Afin de transporter la victime le plus rapidement possible, un hélicoptère fut dépêché sur place et s'envola pour le Centre Hospitalier Universitaire de Grenoble.

Paul avait eu beaucoup plus de chance que sa petite amie. À part quelques coupures peu profondes dues à l'éclatement des vitres latérales lors du choc et des contusions relatives aux tonneaux, le jeune homme, bien qu'en capacité de répondre aux questions, refusa pourtant de donner des informations aux gendarmes et prétexta une douleur à la poitrine pour refuser de souffler dans l'alcootest. Le médecin effectua des prises de sang qui serviraient à connaître l'état du jeune homme au moment des faits.

Une vie brisée

Deux semaines passèrent avant qu'Aline ne puisse sortir du coma. Lorsqu'elle ouvrit les yeux, ses parents étaient dans la pièce, les yeux rougis. Elle se sentait très fatiguée et elle demanda ce qu'il s'était passé. Le médecin, après lui avoir parlé de l'accident de la route, lui demanda de quoi elle se rappelait.

Aline se sentit gênée, puis elle pensa qu'une version édulcorée serait plus adaptée aux oreilles de ses parents et de ses futurs confrères :

- Nous avions pris la route nationale après un repas chez mes parents et après quelques kilomètres, Paul a immobilisé sa voiture pour m'embrasser. Nous étions repartis en direction de Grenoble, il roulait à vive allure et puis c'est le trou noir...

Elle demanda alors :

- Paul ! Où est-il ? Comment va-t-il ?

Son père, le regard noir et avec une voix pleine de colère, lui répondit :

- Ce petit salaud va très bien, trop bien ! Il n'est même pas venu te voir ! Un ami de l'I.R.C.G.N.[1] m'a informé que sa prise de sang avait révélé une prise de stupéfiants.

Les larmes coulèrent sur les joues de la jeune femme, elle demanda à sa mère de lui apporter un miroir afin qu'elle puisse voir si son visage avait des stigmates indélébiles. Elle ne vit alors qu'une petite cicatrice sous son œil... Pas de quoi s'inquiéter... Mais le fait que Paul n'était pas venu, lui fit jeter la trousse de maquillage sur le bas de son lit.

---

[1] I.R.C.G.N. : Institut de Recherche Criminelle de la Gendarmerie Nationale

Une sensation ou plutôt l'absence de sensation lors de l'atterrissage de l'objet sur ses jambes, lui fit relever les yeux sur le médecin. Elle comprit immédiatement qu'un problème plus grave était survenu lors de l'accident !

Le médecin sortit des radiographies ainsi que des scanners et les montra à Aline. Elle vit qu'elle avait une lésion de la moelle épinière entre les vertèbres T12 et L1, elle était donc paraplégique. Son père ne put s'empêcher de dire que Paul était responsable de l'accident et que ce devrait être lui qui soit dans ce lit.

Le lendemain de son réveil, la belle au bois dormant eut la visite de deux gendarmes qui lui demandèrent d'expliquer l'intégralité de ce qu'elle se rappelait, car chaque détail comptait. Elle savait que les fonctionnaires étaient tenus à la discrétion et elle se permit alors de leur raconter les faits et rien que les faits. De leur côté, ils montrèrent à la jeune femme, les photographies prises le jour de l'accident. Le véhicule était devenu une compression de César, qui ne prima malheureusement pas un excellent conducteur.

L'un des deux gendarmes se tourna vers Aline et lui dit :

- Mademoiselle, lorsque je suis arrivé sur les lieux de l'accident, je ne pensais pas que vous alliez vous en sortir vivante. Mais aujourd'hui, aux vues des photographies, de vos déclarations, des résultats de la prise de sang du conducteur et des lésions que vous avez subies, voulez-vous porter plainte contre le conducteur ?

Paul n'ayant montré aucun signe de regret et étant plus intéressé par lui-même que pour sa passagère, Aline prit la décision de se battre pour faire reconnaître son statut de victime.

Les jours passèrent et Aline se posait beaucoup de questions sur son avenir… Elle ne pourrait pas devenir le chirurgien qu'elle avait toujours souhaité devenir. Si elle voulait poursuivre ses études, elle devrait choisir une spécialité où son handicap ne serait pas une gêne.

De plus, depuis son réveil de son coma, des aides-soignantes venaient chaque jour lui faire sa toilette, elle n'appréciait guère que des inconnues la voient nue. Sa pudeur fut mise à mal par l'obligation d'avoir une sonde urinaire à demeure jusqu'à ce que les médecins soient fixés sur son état neurologique et soient sûrs qu'elle puisse contrôler seule ses mictions.

C'est pourquoi, deux semaines après, elle demanda à faire un électromyogramme[2] afin de définir jusqu'où sa paralysie la touchait. Elle sollicita également l'urologue et le gastro-entérologue.

Pour le premier examen, elle fut placée sur une table de soin à côté d'un appareil qu'elle n'avait encore vu que dans ses livres. Un petit homme arriva dans la pièce, lui dit un simple bonjour, prit les capteurs et les plaça sur ses membres inférieurs. Il augmenta par moment l'intensité, mais ce n'est qu'en arrivant à mi-cuisse que la jeune femme poussa un cri. Elle se mit à pleurer, non pas de douleur, mais de joie. Elle avait donc une certaine

---

[2] L'électromyogramme (EMG) est un examen médical qui consiste à enregistrer l'activité électrique des muscles. Cet examen permet de diagnostiquer certains troubles musculaires et nerveux.

sensibilité neurologique à partir de ce niveau, la paraplégie n'atteignait donc pas sa féminité.

Le passage chez les deux autres spécialistes lui confirma qu'elle pouvait désormais se passer de la sonde et des autres soins dès qu'elle aurait acquis les bons gestes pour effectuer seule ses transferts. Elle devait pour cela se rendre dans un centre de rééducation.

Le Diable peut être beau

Heureuse de ces annonces, Aline téléphona à ses parents dès son retour en chambre. Sa mère avait une voix chevrotante due à l'émotion et aux larmes. C'est à cet instant qu'une tête bien connue apparut dans l'encadrement de la porte… Paul était là en face d'elle ! Elle expliqua à sa maman qu'elle devait mettre un terme à leur conversation, mais qu'elles s'appelleraient plus tard dans la journée.

Il avança vers elle, le visage rouge de colère, et lui dit :

- Te rends-tu compte de ce que tu me fais ? À cause de toi, je vais avoir des problèmes avec la Justice ! En plus de ta putain de plainte, ma voiture est morte et les gendarmes m'ont sucré mon permis !

- Toi, toi, toi… Combien de fois es-tu venu me voir depuis l'accident ? As-tu simplement pris de mes nouvelles ? demanda la jeune femme agacée devant la véhémence du jeune homme dont elle était amoureuse avant l'accident.

- J'ai appris par les flics que tu avais été gravement blessée, mais à ce que je vois, tu vas plutôt bien. Tu dois retirer ta plainte ! Sinon, tu vas aggraver mon dossier pour récupérer mon permis de conduire et je ne veux pas avoir de boulet pour ma future carrière.

- Tu te moques de moi ? Je ne vais pas aussi bien que le connard qui se trouve devant moi ! Grâce à ton talent de pilote, je suis paraplégique ! Tu te souviens de ce que cela veut dire ? Je ne remarcherai plus jamais, mon avenir s'est réellement brisé, comme ma colonne vertébrale, le jour de l'accident !

- Tu ne vas donc pas retirer cette plainte ? Ton avenir sera peut-être compliqué, mais ne flingues pas le mien pour te venger !
- Tu ne penses donc qu'à toi ! Déjà, lorsque tu t'es arrêté et que je n'ai pas voulu coucher avec toi, tu as ouvert ton pantalon, me réclamant une pipe ! Tu m'as forcée à mettre ta bite dans ma bouche et tu as déversé ton plaisir sur ma langue. Jamais, tu ne m'as pas demandé si je souhaitais recevoir ce liquide dégueulasse et puant ! Je n'étais et ne suis pas un réceptacle à foutre ! En plus, Monsieur s'est vexé que je n'avale pas « sa précieuse semence » et après que j'ai vomi, il a pris la mouche, appuyant sur l'accélérateur jusqu'au drame.

Gwenaëlle et Sophia, deux aides-soignantes ayant entendu des éclats de voix, arrivèrent dans la chambre.

- Monsieur, vous êtes dans un hôpital, tout le service entend vos vociférations et Mademoiselle, comme les autres patients, ont besoin de repos. Vous êtes donc prié de bien vouloir partir.
- Vous savez à qui vous parlez ?
- Non, et je m'en fous ! Vous pourriez être le Président que ce serait la même chose pour nous ! Dit Sophia.
- Je me rappellerais de vos gueules et quant à toi, j'aurais mieux fait de t'enculer lorsque j'en avais l'envie, maintenant, en plus d'être une salope qui veut gâcher mon existence, tu es devenue une salope d'handicapée qui n'excitera plus personne à part des handicapés comme toi.
- Dis donc, le poète, avant que j'appelle la sécurité pour te virer à coups de pied au cul, tu as intérêt à te barrer vite ! Tes menaces ne resteront pas entre nous, puisque nous allons faire

un rapport et une plainte sera déposée ! Dit Gwenaëlle avec insistance.

Paul claqua la porte de colère et s'en alla en proférant un flot d'injures dont l'ensemble des personnes présentes dans le service profita.

Aline se mit à pleurer, elle avait la haine contre ce grossier personnage, elle s'en voulait de lui avoir fait confiance, mais elle était également heureuse de ne pas avoir donné sa virginité à ce con.

Gwenaëlle lui prit la main et se mit à la rassurer :

- Je suis mariée avec un homme en fauteuil et le handicap n'est pas un frein à l'amour. Les barrières sont insurmontables pour certaines personnes, mais sachez que malgré le parcours semé d'embûches, vous pourrez toujours avancer si vous le souhaitez.

- Merci Madame ! S'il revient, vous pourriez témoigner des propos et du harcèlement qu'il effectue pour que je retire ma plainte auprès de la gendarmerie ?

- Je le ferai et ma collègue également. Nous allons bien stipuler dans notre rapport et notre plainte les propos et l'attitude de ce monsieur, contre vous et contre nous.

Un nouvel environnement

Deux jours après l'altercation et étant donné que son état le permettait, les parents d'Aline et l'équipe soignante la firent transférer dans une clinique de soins postopératoires et de rééducation. À son arrivée dans sa chambre, les ambulanciers la transférèrent sur son lit. Elle reçut la visite de l'aide-soignante, de l'infirmière et du médecin, qui procédèrent à son entrée administrative dans l'établissement. Puis une ergothérapeute, lui apporta un fauteuil roulant si large qu'elle pouvait mettre son sac à main à côté d'elle.

Une jeune femme à la peau légèrement cuivrée se présenta à elle :

- Je suis Laurie, votre kiné et avec moi, vous allez travailler les transferts et muscler un maximum le haut de votre corps pour vous assurer l'autonomie nécessaire pour des déplacements en fauteuil et un retour chez vous. D'habitude, ce sont mes collègues aides-soignantes et infirmières qui vous font découvrir l'établissement, mais elles sont toutes occupées par d'autres arrivées.

- Je peux commencer tout de suite ? demanda Aline.

- Oui et non. Je vais vous faire visiter l'établissement, ensuite nous ferons un bilan de vos capacités et nous établirons ensemble les objectifs que vous souhaitez atteindre.

Aline était ravie d'avoir une chambre pour elle seule. Elle fut présentée à une jeune femme blonde qui n'était autre que la psychologue. Laurie lui indiqua alors qu'elle devra la voir au minimum une fois par semaine et, avec un sourire, lui dit :

- Nous préférons que vous soyez suivie, car vous avez les connaissances et les capacités pour vous faire du mal. J'ai lu votre dossier et je sais que vous êtes étudiante en médecine.
- J'étais étudiante, dit Aline avec un air triste.
- Si cela ne vous dérange pas, je préférerai que nous nous tutoyions, c'est plus facile pour moi et vous êtes jeune.
- Oui, sans aucun souci ! De toute façon, nous passerons tellement de temps ensemble que tu vas connaître mon nouveau corps mieux que moi.
- En effet, c'est avec moi que tu vas reprendre ton pied, dit la kiné en faisant un clin d'œil à sa jeune patiente.

Puis en voyant les larmes couler sur les joues de la jolie Rousse, Laurie se sentit mal et s'excusa :

- Désolée, c'est peut-être trop tôt pour faire des blagues sur ton handicap, mais sache qu'ici, c'est une coutume. Nous préférons dédramatiser et souvent, cet humour, te permettra de retourner une situation lorsque tu seras sortie du centre.

Aline se sécha un peu les yeux et rassura sa kiné :

- Ce n'est pas la blague sur mon handicap qui a fait monter mes larmes, c'est le fait que tu parles de « reprendre mon pied ». Je suis vierge et la seule fois où j'ai vu un sexe d'homme en érection, j'ai perdu l'usage de mes jambes.
- Je savais que parfois l'orgasme pouvait couper les jambes mais là… Désolée, mais c'est plus fort que moi !

La kiné se mit à rire, suivie de sa patiente.

– Je pense que nous allons bien nous entendre, dit Aline.

– Tu m'en as trop dit, je suis curieuse et donc je veux comprendre ton histoire. Raconte-moi tout, s'il te plaît.

Aline reprit un peu de constance et se dit qu'elle pouvait parler franchement avec Laurie.

- Lorsque j'étais étudiante, un jeune homme un peu plus âgé que moi m'a séduite sur le campus de la faculté de médecine de Grenoble et, après quelques rapprochements très sages, je l'ai invité à manger chez mes parents afin qu'ils puissent se rencontrer. En rentrant à Grenoble, il a arrêté sa voiture sur un petit chemin de terre et s'est jeté sur moi pour m'embrasser fougueusement. Ça ne me déplaisait pas, puis il a passé ses mains sous mon haut et, après m'avoir défait mon soutif, il m'a donné un peu de plaisir en s'occupant de mes seins. Mais lorsqu'il a voulu ouvrir mon pantalon, je l'ai repoussé. Il en voulait plus, alors il a ouvert son pantalon, sorti son sexe et m'a dit de lui faire une fellation. Je n'en avais jamais pratiqué, mais j'avais déjà vu des actrices porno. Je me suis approchée de sa bite et ce salaud m'a attrapée par les cheveux, il s'est servi de ma bouche comme d'un vulgaire jouet sexuel et il a craché tout son foutre sur ma langue. J'ai trouvé ça si dégueulasse que j'ai ouvert la portière et vomi à côté de sa voiture. Il était tellement mécontent que je n'avale pas sa semence, qu'il a roulé comme un fou ! Un accident après et me voilà devant toi !

- Quel connard ! Il a aussi été touché dans l'accident ?

- Rien... il n'a rien ! Il ne m'a rendu visite à l'hôpital que pour se plaindre de sa situation et me demander de retirer ma plainte contre lui, car j'allais gâcher sa vie de futur médecin et qu'en plus d'avoir perdu sa voiture, il risquait de perdre également son permis de conduire. De plus, lorsque j'ai refusé, il m'a dit qu'aucun homme ne pourrait s'intéresser à une femme handicapée.

- Je persiste et signe, c'est un super connard ! Je te rassure, ma belle, tu as plu et tu vas continuer à plaire. Je te promets que nous allons tout faire pour que tu puisses avoir une sexualité épanouie. J'ai vu tes résultats neurologiques et tu peux prendre du plaisir.
- Tu fais des miracles ? Non, parce qu'avant tout, ce que je souhaite c'est apprendre à connaître ce corps…
- As-tu des jouets pour fille qui souhaite s'amuser ? Si tu n'en as pas, je vais t'en procurer, car tu as le droit d'avoir une sexualité et la rééducation ne se limite pas au cadre de ce que l'on voit.
- J'ai bien un petit vibro dont j'ai dû me servir une ou deux fois, mais il est planqué et je me vois mal demander à mes parents de me l'apporter !
- Demain, je t'apporte un catalogue et nous regarderons ensemble. Je finis de te faire visiter le bâtiment, sinon tu ne connaîtras que ta chambre, le long couloir et la psychologue.

Les deux femmes se dirigeaient vers l'ascenseur lorsqu'un homme nu passa à leur côté en proférant des injures. Laurie lui expliqua que ce monsieur avait heurté le pare-brise de son véhicule et avait un syndrome frontal. Tout cela faisait donc partie des troubles du comportement associés à sa pathologie. Une aide-soignante raccompagna le monsieur et les deux femmes continuèrent leur tour.

Elles arrivèrent sur le plateau technique de kinésithérapie, une grande salle avec différents appareils servant à la rééducation. Entre les barres de maintien, une femme unijambiste avec une dent qui dépasse, avança dans leur direction. Laurie se pencha vers Aline et dans son oreille lui demanda :

- Sais-tu pourquoi elle n'a qu'une dent ?

- Non ?

- Parce qu'un matin, elle s'est levée du mauvais pied !

Les deux femmes se mirent à rire et se sentirent complémentaires. Aline éprouva un sentiment d'apaisement dans cet environnement qui lui avait donné une certaine appréhension lors de son arrivée.

La visite du Maître

Deux jours plus tard, Aline reçut la visite de ses parents et avec eux, il y avait un homme d'une cinquantaine d'années fort bien habillé. Il avait avec lui une grosse mallette et lorsqu'il s'approcha d'elle pour se présenter, ce fut un vrai sketch :

- Je me présente, Maître LEROM, votre avocat dans la procédure judiciaire. Je sais, mon nom ne plaide pas en ma faveur dans un délit routier, mais sachez qu'il ne s'écrit pas comme l'alcool !
  Trêve de plaisanterie, vos parents m'ont chargé de votre dossier, mais vous êtes majeure et capable de décider d'assurer votre défense seule ou avec un autre conseil, de vous constituer partie civile et de demander à un tribunal l'indemnisation du préjudice que vous subissez.

- Monsieur, je n'ai pas de temps à perdre dans la recherche d'un autre avocat et encore moins à m'occuper seule de mon dossier. Alors, dites-moi ce que je dois faire pour vous laisser le pouvoir de me défendre.
  Et surtout, n'hésitez pas à l'écraser comme il a fracturé ma colonne lors de son simulacre de rallye.
  De plus, Paul est venu me menacer lors de mon hospitalisation à Grenoble... Je souhaiterai qu'il n'ait plus le droit de m'approcher jusqu'au procès.

- Je vais voir ce que je peux faire pour votre dernière requête, mais sachez que, malgré toute ma bonne volonté, je ne peux obliger un juge à établir une mesure d'éloignement contre cet individu, mais je vais essayer...
  Dans un second temps, à la vue du rapport de gendarmerie, du résultat des analyses toxicologiques pratiquées sur le conducteur et de vos déclarations aux hommes de la brigade

qui vous ont interrogée lors de votre hospitalisation, il est indéniable que l'accident résulte d'une vitesse excessive, d'une non maîtrise du véhicule et tout cela aggravé par la prise de stupéfiants. Je pense donc que je n'aurais pas besoin de me fatiguer pour que la machine judiciaire ne le broie et je ne le plaindrais pas.

Une belle rencontre

Après un moment passé avec ses parents, Aline se retrouva de nouveau seule dans sa chambre. Une solitude qui lui pesa et ; comme elle en avait pris l'habitude, elle fit un tour dans les couloirs, s'arrêta au niveau du bureau des soignants et discuta avec eux.

C'est alors qu'elle vit arriver un jeune homme brun dans un fauteuil roulant. Il avait les yeux bandés et un bras dans le plâtre. Un brancardier l'emmena dans une chambre et quelques instants après, alors qu'une aide-soignante s'occupait de lui, il se mit à crier :

- Je ne vois peut-être pas, mais je sais où se trouve ma bite, alors accompagnez moi jusqu'aux toilettes pour que je puisse faire ce que j'ai à faire !

La jeune femme fit son travail et lorsqu'elle ressortit de la chambre, les yeux embués, elle confia à ses collègues qu'elle avait bien cru qu'il allait lui envoyer l'urinal dans le visage. Les autres femmes présentes la réconfortèrent et ce fut à ce moment qu'elle ajouta que la seule compensation avait été de voir le sexe du jeune homme ! Selon elle, il était bien supérieur à tous ceux qu'elle avait vus jusqu'ici !

En retournant à sa chambre, Aline fit un arrêt par la chambre du jeune homme. La porte étant ouverte… Depuis l'encadrement, elle se permit de l'apostropher :

- Bonjour, je me présente, je suis Aline ! Je t'ai entendu tout à l'heure, elle ne faisait que son travail et rien ne te donne le droit de lui parler comme ça !

- Salut ! Moi, c'est Christophe et je ne me rappelle pas avoir crié ton prénom pour que tu viennes me faire la morale !
- Je vois que Monsieur est un grand comique, avec des connaissances musicales du siècle dernier !
- Désolé, mais depuis mon accident en vélo, j'ai perdu la vue et une double fracture cubitus-radius. Et toi, que fais-tu ici ?
- Comment sais-tu que je ne fais pas partie du personnel ?
- Tu fais un bruit horrible lorsque tu avances. On dirait mon vélo quand mes pneus étaient sous gonflés et que la roue était voilée !
- Tu as raison, je suis en fauteuil roulant. Un accident de voiture m'a laissé paraplégique.
- Ouah ! Tu étais conductrice ou passagère ?
- Passagère, le conducteur est sorti indemne et se fout royalement de mon état… Voilà tout, je t'expliquerai peut-être un jour.

Aline reprit son périple jusqu'à sa chambre. Avec de l'aide, elle s'allongea dans son lit et se remit à lire le catalogue que Laurie lui avait donné. Tous ces objets étaient fort intéressants, mais elle n'osait pas prendre du plaisir dans cette chambre où la porte ne disposait pas de clé.

Une rééducation particulière

Aline avait bien étudié le catalogue que lui avait remis Laurie. Son choix se porta sur un petit accessoire qui lui permettrait de stimuler son clitoris et ainsi de commencer sa rééducation sexuelle.

En parlant de rééducation, elle devait se rendre à sa séance et en passant devant la chambre de Christophe, elle vit la porte ouverte. Son regard se figea sur le devant du boxer du jeune homme qui mettait son jogging… Le sous-vêtement moulait un trésor qui paraissait important.

La jeune femme se sentit honteuse d'avoir profité de la cécité du jeune homme pour se rincer l'œil. C'est pourquoi, elle tapa sur la porte puis demanda si l'occupant de la chambre allait également en rééducation et s'il souhaitait qu'elle le guide jusqu'à la salle.

Il accepta volontiers l'invitation, car l'ergothérapeute devait lui remettre sa canne aujourd'hui.

Il mit sa main musclée sur l'épaule de la jeune femme, Aline se sentit comme un fétu de paille par rapport à lui. Arrivés dans l'ascenseur, Christophe lui dit avec un large sourire :

- As-tu bien apprécié de me regarder lorsque je m'habillais ?

- Je n'ai rien vu, dit Aline en rougissant.

- J'ai entendu ton fauteuil dans le couloir et tu étais bien présente au moment où j'enfilais mon pantalon.

- En effet, j'étais là et je te prie d'excuser mon indiscrétion, mais sache que tu as bien mis ton boxer du bon côté.

- Au fond d'elle, Aline se demanda pourquoi elle avait prononcé cette dernière phrase.

Christophe se mit à rire sans pouvoir s'arrêter, ce qui eut pour conséquence d'entrainer l'hilarité de la jolie Rousse. Ils étaient comme deux enfants qui se moquaient des limites. C'est alors que le jeune aveugle dit sur le ton de la plaisanterie :

- Je connaissais le chien guide d'aveugle, mais je ne savais pas que la femme à roulette guide d'aveugle existait.

Nouveaux éclats de rires des jeunes gens lorsqu'ils quittèrent l'ascenseur pour se rendre au plateau technique de rééducation. Aline guida Christophe jusqu'à son thérapeute puis se mit à la recherche de Laurie.

Elle entra dans une pièce où deux tables de massage étaient séparées par un paravent, elle reconnut la voix de sa kiné, mais cette dernière n'était pas seule, car une voix masculine se faisait entendre. Curieuse, Aline décida de se faire discrète et d'écouter la conversation.

L'homme semblait plus âgé qu'elle et se plaignait de son nouveau voisin de chambre :

- Tu te rends compte que ce petit con de vingt ans, a pris la grosse moto de son père, a roulé comme un con et s'est planté sur l'autoroute. Résultat, il ressort avec une fracture ouverte du tibia-péroné et son paternel qui semble imbu de sa personne me demande si je ne trouve pas injuste que son fils soit dans ce lit avec des broches ?
Tu me connais ? J'ai relevé mon drap et je lui ai montré ma jambe amputée à la suite d'une tumeur sur le tibia.

Eh bien, il m'a regardé et m'a dit que son fils était un beau jeune homme, promu à un bel avenir dans sa concession d'automobiles. C'est injuste qu'il soit aussi gravement blessé.

- Je comprends ton agacement, mais ne te prends pas trop la tête avec eux, dit Laurie.

Aline entendit toute la discussion et le frottement des mains de la kiné sur la peau du Monsieur. Elle ne put s'empêcher de regarder à travers les interstices du paravent et elle ne fut pas déçue ! L'homme était en slip et Laurie lui massait la partie de jambe non amputée. Il semblait vraiment apprécier, car elle entendit une conversation qui lui parut surréaliste :

- Désolé, mais je sens que j'ai une réaction inappropriée, dit l'homme.

- Ne t'inquiète pas, cela peut arriver lorsque l'on sollicite cette zone lors de massages profonds, dit la praticienne pour rassurer son patient.

- Je suis confus et ton décolleté ne m'aide pas à avoir de saines pensées.

Aline eut une bouffée de chaleur lorsqu'elle aperçut que l'étoffe de tissu ne contenait plus le membre turgescent, dont la tête avait largement dépassé l'élastique. Laurie de son côté continua son travail et reprit sa discussion.

- Mais ta femme ne vient plus te rendre visite ? Elle pourrait t'aider dans l'apaisement de tes désirs.

- Ma femme n'était déjà pas très portée sur le sexe, qui pour elle était juste un « devoir » conjugal. Alors maintenant, elle est plus inquiète pour ma santé que pour notre couple, dit-il mi-colère, mi-frustré.

- Une personne, même si elle est handicapée, a des désirs et les ignorer n'est pas bon pour la rémission totale. Excuse-moi, mais tu n'as pas fait l'amour depuis ton amputation ? demanda la jeune femme les yeux écarquillés.
- Je n'ai pas eu de rapprochement avec ma femme depuis le début de ma chimio, soit à peu près un an.
- Je comprends donc ton érection massive. Si tu me le permets, je souhaite profiter de ce bel objet dont ta femme ne se sert pas et apaiser ton désir.

Laurie avait sorti cette phrase de façon si naturelle que l'homme n'avait pu qu'acquiescer.

Aline vit Laurie se pencher sur le sexe dressé, passer la pointe de sa langue sur le contour du gland, puis des testicules jusqu'au sommet de son nouveau jouet. L'homme ne resta pas immobile et ses mains prirent vite le chemin des deux globes mammaires de la jeune femme. La blouse fut déboutonnée, mais la kinésithérapeute, même si elle était fort excitée, ne souhaitait pas que quelqu'un puisse entrer sans qu'elle n'ait eu le temps de se rendre présentable. C'est pourquoi, elle proposa à l'homme de lui donner un avant-goût de la rééducation particulière qu'elle lui offrirait plus tard.

Laurie, tout en le masturbant d'une main, lui flatta les bourses et suça son sexe d'une façon sensuelle. Aline regarda cette scène érotique et essaya de s'imaginer à la place de l'autre femme.

Contrairement à Laurie, Aline n'avait pas d'expérience et tout ce qu'elle vit à travers le paravent, fut pour elle source d'apprentissage et de comparaison.

En effet, Laurie avait de beaux seins légèrement plus gros que les siens et surtout intégralement hâlés, laissant entrevoir que la jeune femme était adepte du bronzage seins nus. Une pratique que l'étudiante n'avait jamais osé expérimenter, sa pudeur de jeune pucelle l'avait jusqu'alors bloquée, mais les rondeurs caramélisées de la kiné lui donnèrent des envies de soleil.

La thérapeute ne lâcha pas sa proie et après des minutes de lutte intense, le corps de l'homme se figea et son visage s'empourpra. Aline comprit que le final venait d'avoir lieu sous ses yeux et elle fut très surprise de voir Laurie avaler, mais surtout lécher les moindres recoins du sexe afin de ne pas en laisser une goutte !

Celle-ci reprit la parole :

- Merci pour cette liqueur de vie ! Je remercie tout particulièrement ta femme qui m'a permis d'en profiter et j'espère qu'elle ne sera pas la seule à être cocue, car moi, je suis amatrice des manches à trois trous, dit-elle avec un sourire et un regard très provocateur.

- Je ne suis pas un très grand fan de golf et je n'ai jamais pratiqué le tout terrain, mais avec toi, je suis prêt à tout explorer, lui rétorqua-t-il.

Laurie et l'homme se réajustèrent, puis celui-ci vit Aline en sortant de la pièce. Il se demanda depuis quand elle était là et ce qu'elle avait pu voir ou entendre … Si elle savait ce qu'il venait de se passer, en parlerait-elle dans l'établissement ? Sa femme pourrait l'apprendre ? Laurie pourrait-elle avoir des problèmes avec sa direction et la Justice ? Tellement de questions qu'il ne pouvait pas poser à la demoiselle sans lui avouer ce qu'elle ne savait peut-être pas. Il quitta la pièce la conscience chargée.

Aline quant à elle, s'avança vers sa kiné et celle-ci lui demanda en la regardant dans les yeux :

- As-tu apprécié ce que tu as vu ?
- De quoi parles-tu ? dit la jeune femme en essayant de feindre l'incompréhension.
- Je sais que tu étais là dès le départ, que tu as entendu et vu la petite scène que j'ai orchestrée pour toi.
- Pour moi ? Mais comment pouvais-tu savoir que j'allais regarder et ne pas me sauver ?
- Tu as besoin de repères pour construire ta sexualité, et quoi de mieux que de pouvoir voir sans être vu ? J'en ai un peu rajouté pour être sûre que mon patient soit bien en forme et disposé à me céder son bâton de chair.
- Si tu veux, je te donnerais d'autres cours ? À toi de me dire sur quel sujet tu souhaites qu'ils portent.

Aline resta bouche bée par cette proposition, mais au fond d'elle, de multiples interrogations étaient présentes depuis de nombreuses années et des nouvelles s'étaient greffées après son passage dans le monde des gens se déplaçant sur leur trône à roulettes. Elle n'osa pas regarder la thérapeute et lui dit d'une petite voix :

- Veux-tu bien devenir mon amie, ma confidente et surtout ma professeure d'éducation sexuelle ? Car pour la théorie, je suis forte d'années dans mes livres d'anatomie, mais en pratique, je suis une débutante voire même une inculte.
- Je le veux, mais je suis surtout honorée que tu me fasses confiance. Tu m'as déjà parlé de ton expérience malheureuse avec le salopard qui t'a envoyée jusqu'à moi. Mais où en étais-tu sexuellement avant l'accident et que désires-tu découvrir à partir de maintenant ?
- À part quelques caresses pour découvrir les plaisirs solitaires, je n'ai rien expérimenté d'autre. Je souhaiterai savoir si je suis encore capable d'avoir du plaisir et savoir en procurer à une autre personne. Mais avant tout, je t'ai ramené ton catalogue et mon choix s'est porté sur ce modèle.
- Un choix sage qui te permettra de stimuler la partie externe de ton clitoris, mais ne souhaites-tu pas stimuler la partie interne de ton sexe ?
- Je n'ai jamais introduit quelque chose dans mon vagin, même pas un tampon, et ce, afin de me préserver pour le grand amour.
- C'est beau les rêves de princesse, mais le sexe, c'est comme une boîte de chocolats, la meilleure façon de savoir ce que l'on apprécie, c'est de goûter un peu à tout.
- Si je te comprends bien, je devrais essayer plusieurs hommes et pourquoi pas explorer toutes les parties de mon corps ? Demanda une Aline perplexe.
- Pourquoi que des hommes ? Nous pouvons très bien nous amuser entre femmes, non ?

- Je ne me suis jamais imaginée dans cette situation, mais qui peut dire qu'il n'aime pas sans avoir essayé !
- Je suis contente que tu aies l'esprit ouvert et j'espère que le reste le sera aussi ! Dit la kiné avec le sourire et un clin d'œil appuyé.

Aline se mit à rougir et demanda à débuter sa séance de rééducation physique. Le chemin vers l'autonomie lui paraissait long et elle voulait mettre toutes les chances de son côté.

La séance commença par un renforcement du tronc pour lui permettre de se tenir en position assise sur la table de Bobath sans un soutien dorsal permanent. Puis des techniques lui furent inculquées pour se transférer de son fauteuil à son lit.

À la fin de la séance, elle se rendit au plateau technique attenant à la salle, pour muscler ses bras et mouvoir ses jambes inertes. Elle fut installée sur un double vélo, les pieds étant fixés à des pédales entraînées par un moteur. Avec ses mains, la jeune femme pédalait avec force et détermination.

Elle retrouva Christophe pour regagner l'ascenseur. Celui-ci était à présent équipé d'une canne blanche, ce qui amena à la jolie Rousse une réflexion qu'elle ne put exprimer : elle aimerait beaucoup voir l'autre canne du jeune homme !

Aline lui proposa de l'accompagner jusqu'à sa chambre, ce qu'il accepta volontiers. Arrivé à bon port, en voulant se faire la bise, les deux bouches se rencontrèrent, se soudèrent et les langues se mêlèrent pour le plus grand plaisir de la jeune femme. Après quelques minutes à s'embrasser dans le couloir, ils se séparèrent au grand regret de Christophe qui aurait bien entrainé la demoiselle avec lui.

Première leçon

En milieu d'après-midi, Aline reçut la visite de Laurie. Cette dernière, lui proposa de la suivre sans pour autant lui expliquer la raison de cette visite.

Les deux femmes arrivèrent près d'une chambre où une feuille était fixée sur la porte et sur laquelle il était inscrit :« Ne pas déranger, séance de kiné en cours ».

Lorsque la porte s'ouvrit, Aline vit l'unijambiste qui avait bénéficié d'une gâterie. Il était simplement vêtu d'un slip. Laurie se retourna vers la jeune Rousse et lui demanda si elle était prête pour sa première leçon et si elle était d'accord, elle devrait ouvrir ses yeux pour ne rien rater. L'homme semblait savoir qu'il y avait une spectatrice, mais le désir des charmes de la kiné lui avait fait oublier toute pudeur.

Aline accepta et se mit en retrait pour ne pas gêner.

Laurie s'approcha de l'homme, lui ordonna de s'allonger sur le lit… Elle commença à s'effeuiller. La chute de sa blouse et de son pantalon laissa apparaître une lingerie en dentelle. Elle s'approcha du lit sur lequel l'homme, impatient, lui ôta son soutien-gorge. Les doigts de l'homme se mirent à parcourir le dos de la thérapeute et se figèrent lorsque cette dernière posa ses lèvres sur son membre turgescent qui n'était plus caché par la fine étoffe.

Aline était fascinée de voir la bouche de la jolie demoiselle parcourir l'anatomie masculine et elle ressentit un coup de chaleur en apercevant un doigt masculin écarter le string et commencer à caresser les lèvres intimes de Laurie.

C'était la première fois qu'Aline voyait un sexe de femme se faire flatter. Elle trouva sa kinésithérapeute très désirable et cette attirance lui fit peur, car elle se dit que cela remettait en question son orientation sexuelle.

Laurie proposa à l'homme de la suivre dans la salle de bain attenante à la chambre et elle se mit nue face au lavabo. L'homme arriva derrière elle, le sexe tendu et, simplement en se tenant aux hanches de la jeune femme, il la pénétra en levrette. Un léger soupir fit comprendre à Aline que l'homme avait bien réussi son accouplement.

Le son de l'entrechoquement des fesses avec le bassin de l'homme apporta encore plus d'érotisme à l'instant. Laurie fit signe à Aline d'approcher afin de mieux observer, ce qu'elle fit avec joie, car le désir de découvrir l'action charnelle des corps était devenu presque vital.

Arrivée près des deux amants, Aline vit le sexe de l'homme fendre la jeune femme à chaque pénétration et, comme pour se rendre compte de l'élasticité de celui-ci, elle approcha sa main des lèvres intimes de Laurie et posa sa main dessus. Son index et son annulaire écartèrent celles-ci et avec son majeur, elle toucha le bouton de la jolie fleur. Elle massa le clitoris comme pour l'apaiser d'une souffrance qu'il ne connaissait pas et, de sa seconde main, Aline se mit à caresser les testicules de cet homme qu'elle ne connaissait pas. Ce double traitement n'apaisa pas les deux amants, bien au contraire, il accéléra le plaisir et alors que Laurie prenait sa main pour la mordre et ainsi atténuer l'écho de son plaisir, l'homme se recula pour éviter d'éjaculer dans le sexe de la demoiselle. Ce retrait eut pour effet de libérer une quantité impressionnante de sperme qui termina sa course sur le visage et les cheveux de la jolie Rousse. Le visage maculé, elle regarda le couple illégitime et les accompagna dans un fou rire, tant la situation était burlesque.

Aline ne se sentit pas souillée, mais plutôt décontenancée par ce qui venait de se passer. Laurie s'approcha d'elle, sortit le bout de sa langue pour lécher les traces présentes sur le visage de la jeune femme et ensuite, elle embrassa son élève afin de lui faire partager une partie de l'offrande du monsieur.

L'homme, quant à lui, prit une serviette, qu'il tendit à la spectatrice pour essayer de faire disparaître les traces de foutre qui avaient atterri dans ses beaux cheveux.

Après avoir réajusté leurs tenues, Aline et Laurie, sortirent de l'antre de la luxure et partirent l'une vers sa chambre et l'autre vers la salle de kinésithérapie.

La plantureuse kiné ne lui avait pas menti, elle lui faisait son éducation sexuelle.

Une nouvelle arrivée

Ce matin, alors qu'Aline partait voir si elle pouvait apercevoir la canne de chair de son voisin atteint de cécité, elle vit arriver un brancard sur lequel était installée une femme noire en piteux état. En effet, celle-ci avait les deux avants bras plâtrés et un corset qui lui soutenait également les cervicales.

La jeune femme à la chevelure flamboyante s'approcha du brancard et salua la nouvelle patiente et se présenta.

Une infirmière lui dit :

- Aline, je te présente Corine, elle partagera ta chambre, car le service est déjà bien occupé !

- Bienvenue Corine ! Comme nous allons passer de nombreuses heures ensemble, je propose que nous nous tutoyions ?

- C'est une très bonne idée et accepterais-tu de me rendre un petit service ?

- Si ce n'est pas mettre ton sac au-dessus de ton placard ! Dit Aline avec un grand sourire.

- Non, je te rassure. J'ai juste besoin que l'on m'aide pour appeler ma femme.

- Pas de problème, je vous accompagne, l'équipe et toi, jusqu'à notre chambre et ensuite, dès leur départ, nous lui téléphonerons.

Après l'installation de sa nouvelle camarade de chambre, Aline demanda comment elle devait procéder pour l'appel.

- Prends mon portable dans mon sac, cherche Cathy, mets le haut-parleur et restes pour que tu puisses remettre l'engin à sa place ! Indiqua Corine.

Le téléphone afficha la photo d'une femme métisse et la communication se fit :

- Allo ! Corine, c'est toi mon cœur ? Tu as réussi à me téléphoner toute seule ?
- Oui, c'est moi ! Et non, je n'ai pas réussi à t'appeler toute seule, c'est ma jeune et jolie voisine de chambre qui m'a aidée.
- Ah ! Même au fond de la mer, tu arrives à trouver une Sirène. Décris-la moi ?
- Je sais que je suis policière, mais je ne m'entoure pas que de Sirène, même si, là, il faut bien reconnaître qu'elle ressemble beaucoup à Arielle de Disney.
Elle est grande, rousse, deux émeraudes à la place des yeux et un sourire étincelant.
- Un Ange quoi !
- Un ange tombé du ciel et qui s'est brisé la colonne vertébrale ! Se sentit obligée de rajouter Aline.
- Oups ! Tu as tout entendu ? Demanda Cathy.
- Depuis le début… Je suis là pour aider Corine et donc j'ai suivi votre conversation.
- Heureusement que je n'ai pas fait mon allumeuse et j'espère que nos photos et vidéos ne sont pas sur ton smartphone ?
- Non ! Dit Corine alors que son regard s'emplit d'inquiétude.

- As-tu dit à cette jeune femme, que tu aimes les femmes mais que tu es mariée et que tu m'as juré fidélité ?
- La jalousie te tuera, Mon amour !
- C'est plutôt ces racailles homophobes qui ont failli nous séparer ! Dit-elle avec des sanglots dans la voix.
- Ne t'inquiète pas, ici je suis en sécurité et ils vont bien prendre soin de moi ! Je dois te laisser, car le médecin vient d'arriver. Bisous !
- D'accord, bisous !

Tout en raccrochant, Aline tourna la tête vers la porte et se rendit compte qu'elle était fermée et que personne n'était entré. Elle regarda avec incompréhension sa voisine et celle-ci prit la parole :

- J'ai préféré arrêter avant que nous partions l'une et l'autre dans des pleurs, puis qu'elle me fasse des reproches sur mon métier.
- Pourquoi ? Elle ne veut pas que tu sois dans la Police ?
- C'est plus complexe, je suis comme cela parce que je suis policière et que j'ai été rouée de coup devant elle.
- Comment ça, elle est ta collègue ?
- Non ! Je vais t'expliquer.
Nous étions intervenus, mes deux collègues et moi, parce que le central nous avait signalé une dégradation de biens en cours par un jeune Black en survêtement jaune fluo.

Arrivés sur place, nous avons constaté qu'un jeune correspondant à la description était en train de taguer un bus de la ville de Grenoble.

Après un peu de course à pied, nous l'avons interpellé, ramené au commissariat et devant l'OPJ[3], il avait dit que c'était marqué TAG sur le bus, donc il l'avait tagué.

Il se foutait ouvertement de nous, mais comme il est mineur, il a été relâché en attendant son passage devant le juge des enfants.

Malheureusement pour moi, quelques heures plus tard, nous nous sommes recroisés en ville alors que j'étais hors service et avec ma compagne. Il était avec des amis et il m'a reconnue.

Ils sont venus vers moi et m'ont porté des coups, je me suis retrouvée au sol, l'un d'entre eux m'a pris mon sac, l'a ouvert et a découvert mon identité. Il m'a alors dit :

« *Corine, ma petite Coco qui devrait sucer des noix plutôt que brouter des gazons. Espèce de Bounty[4], tu n'es qu'une négresse de maison, une gouine ! Tu mériterais qu'on te fasse goûter nos grosses queues, mais même avec un bâton, on ne te toucherait pas la chatte.* »

Deux d'entre eux m'ont ensuite rouée de coups de pieds alors que le troisième tenait ma femme, me laissant agonisante sur le sol.

Ma femme a pu appeler les secours, qui sont arrivés assez rapidement. Deux vertèbres cervicales fissurées, de multiples

---

[3] OPJ : Officier de Police Judiciaire

[4] Bounty : insulte raciale visant des personnes noires dont le comportement et les représentations réelles ou supposées sont considérés comme ceux de Blancs. C'est une métaphore, un *Bounty* signifiant que la personne serait « noire dehors et blanche dedans »

fractures de défense sur les avants bras et de nombreux hématomes.
Je ne risque pas de pouvoir retourner rapidement sur le terrain et j'espère que pour une fois la justice sera ferme.

- Je comprends mieux l'appréhension de ta compagne et son désir que tu ne reprennes plus ce métier, dit la jeune paraplégique.
- Arrêtons de parler de moi et dis-moi plus sur toi ?
- Aline, 22 ans, j'étais étudiante en faculté de médecine jusqu'à ce que mon ex-copain se prenne pour un pilote et brise en un instant, ma colonne vertébrale, mon rêve d'être un jour chirurgienne et ce qui lui semble le plus important, « sa voiture ».
Depuis, je suis paraplégique, car ma moelle épinière a une lésion entre la T12 et la L1.
- Et lui, comment s'en est-il sorti ? Qu'a donné l'enquête de police ?
- Il n'a rien, il a juste révélé son vrai visage. Il a été dépisté positif au test de stupéfiants, mais j'en saurais plus dès que mon avocat aura les rapports de la Gendarmerie.
- Qu'est-ce qui lui a pris de faire le con en voiture ?
- Pour tout te dire, il voulait me sauter dans sa voiture, étant vierge et ne me sentant pas prête. J'ai refusé et il m'a imposé une fellation jusqu'au bout. Il a joui dans ma bouche sans mon consentement et j'ai donc ouvert la porte pour vomir à côté de sa voiture. Il a mal pris mon geste et il est parti comme un fou.

- Tu sais que c'est un viol, s'il t'a imposé cet acte sexuel ! Dans tous les cas, une femme ne t'aurait pas mis sa petite bite dans la bouche, c'est quand même bien d'être lesbienne ! Dit Corine, avec le sourire.
- Je n'ai pas voulu porter plainte pour cela, j'ai juste déposé une plainte suite à l'accident et aux conséquences, mais si j'avais su qu'il viendrait me menacer jusqu'au CHU[5], je n'aurai pas hésité.
- Il a osé ? Donc, pour information, tu peux toujours contacter l'OPJ qui viendra jusqu'ici pour prendre ta déposition et transmettre ta plainte au procureur, qui ne laissera pas tranquille ce petit salaud.
- Il m'a dit que j'allais gâcher sa future carrière de médecin et que je n'exciterais plus que les personnes comme moi.
- D'un, un médecin aux assises pour viol, c'est ça qui va gâcher sa vie. De deux, ici, tu ne dois pas exciter que les patients !

Aline ne pouvait croire qu'elle était désirable engoncée dans ce fauteuil roulant. Elle remercia tout de même son interlocutrice pour ses conseils et ses compliments, mais préféra s'éclipser à son rendez-vous hebdomadaire chez la psychologue.

---

[5] CHU : Centre Hospitalier Universitaire

Le royaume de Lesbos

Aline arriva devant l'entrée de Géraldine LE QUÉRÉ, la psychologue, et alors qu'elle allait frapper, la porte s'ouvrit et qu'elle ne fut pas sa surprise de voire Laurie sortir en rajustant sa blouse.

La kiné lui dit alors :

- Bonjour Aline ! Bien dormi ? Pas trop de rêves coquins ? D'hommes ou de femmes dévêtus ?
- Bonjour ! Merci pour hier soir ! Je me sens juste un peu perdue.
- Pourquoi ? Avons-nous fait quelque chose qui t'a perturbée ?
- Non, ce n'est pas vous, mais moi, je me suis permise de toucher ton corps et…
- Et ?
- Et j'ai apprécié de regarder ce que je ne peux voir sur moi. J'ai juste une question ?
- Oui, je t'écoute ?
- As-tu apprécié mes caresses pendant ce coït endiablé ?
- J'ai vraiment adoré, cela m'a rappelé mes parties à trois lorsque j'étais étudiante.
  Mais ne restes pas devant la porte de Géraldine, entres !

Aline entra dans la pièce où la jeune femme blonde était assise derrière son bureau avec une coupe de cheveux approximative, laissant supposer qu'ils avaient dû être recoiffés trop rapidement. C'est alors que la thérapeute prit la parole :

- Bonjour Aline, Laurie m'a longuement parlé de vous et m'a expliqué la thérapie très particulière que vous avez mise en place. Si je peux vous aider, je le ferais avec énormément de plaisir.

La jolie Rousse, avec un regard interrogateur, fixa sa kiné, pour savoir si la psychologue avait connaissance de l'éducation sexuelle qu'elle lui prodiguait. Laurie, en refermant la porte, rassura Aline.

- Géraldine sait tout, pour la bonne raison que nous ne nous cachons rien. En effet, nous sommes en couple et nous partageons également la façon de penser d'une association qui frôle avec les limite de la loi française, c'est pourquoi nous devons rester discrètes.

- Oui, Laurie est ma compagne. Comme l'APPAS, l'association pour la promotion de l'accompagnement sexuel, nous pensons que toute personne majeure et saine d'esprit, a le droit d'avoir une vie affective et sexuelle.
Lorsque l'un de nos patients montre une souffrance mentale de ne pas avoir de gestes sensuels ou sexuels, nous nous en parlons et étudions comment nous pouvons aider cette personne.
Tu n'es pas qu'une patiente ! Tu es une belle jeune femme qui a le droit de disposer de son corps, de séduire et de prendre du plaisir !

Aline regarda les deux femmes. Elle avait déjà entendu parler d'assistante sexuelle, mais n'étant jusqu'ici pas concernée, elle n'avait jamais cherché à se faire une opinion.

Il est vrai que si ses jambes étaient paralysées, sa fantasmatique elle, cavalait, et encore plus depuis qu'elle avait rencontré cette belle kiné, qui faisait plus que de lui inculquer les bonnes postures, mais également lui faisait découvrir ses fonctions sensorielles.

Elle se décida alors à questionner ce couple si spécial :

- Vous n'êtes donc pas jalouse que Laurie aille voir ailleurs ?
- Non, puisque nous le faisons en étudiant le cas de chaque personne !
- Mais vous faites ça avec n'importe qui et sans risque sanitaire ou juridique ?
- Nous ne faisons pas cela avec tout le monde, nous ne pratiquons pas d'acte sexuel avec une personne qui nous rebute et nous ne sommes pas des prostituées, car nous ne faisons pas ça pour de l'argent.
  Je suis lesbienne, donc j'ai seulement des rapports saphiques, alors que Laurie étant bisexuelle, elle peut venir en aide à tous.
- Mais vous ne vous protégez pas contre les IST[6] ?
- Si tu me dis cela pour l'homme de la dernière fois, il avait un gros bilan de santé en arrivant et depuis, il n'est pas sorti de l'établissement et son sexe n'a vu que sa main.
- Je ne sais pas si c'est normal, mais malgré l'éducation stricte et religieuse qui m'a été donnée, je vous trouve altruiste et je tiens à vous remercier pour la leçon d'hier.

---

[6] I.S.T. : Infections Sexuellement Transmissibles

- Mais ce n'est pas terminé et avec Laurie, nous avons beaucoup de ressources, et bizarrement, encore plus lorsque la patiente est aussi charmante, dit-elle en se levant de sa chaise.

Géraldine s'approcha d'Aline, s'asseyant sur le bureau. Sa jupe remonta, laissant apparaître deux jolies cuisses fuselées au centre desquelles la demoiselle en fauteuil put découvrir une crinière dorée qui recouvrait partiellement le sexe de la psychologue. Soit la thérapeute était une adepte du sans-culotte, soit elle n'avait pas eu le temps de la remettre avant son rendez-vous. Dans tous les cas, cela permit à Aline d'affirmer que Géraldine était une véritable blonde. Ses poils ne masquaient pas un beau fruit qui sembla juteux, au centre duquel, des petites lèvres roses s'entrouvraient comme de jolis pétales.

Aline se dit alors que le surnom qui lui avait été donné dans la clinique lui allait comme une culotte qu'elle ne portait pas, « J'aime le cul », en rapport avec ses initiales Géraldine-Marie Le Quéré.

Laurie s'approcha de la jeune paraplégique, se plaça derrière elle et se pencha pour admirer la vue qu'avait Aline. Elle s'exclama alors :

- Géraldine, tu es vraiment une allumeuse, mets-lui directement ton fruit sous le nez ! Je vois que ça t'excite. Cochonne !
- En effet, savoir que vous avez partagé un moment de sexe ensemble m'excite. Aline est si belle que j'aimerai découvrir si une crinière rousse est également présente plus bas.

Aline rentra dans la discussion et dit :

- Mademoiselle Le Quéré, je n'avais jusqu'à présent jamais touché le corps d'une femme, en dehors de la sphère médicale. Et n'ayant pas eu d'entretien de ma pilosité depuis mon accident, je pense que mon buisson doit être plus que fourni et sachez qu'il est aussi roux que le vôtre est blond.
- Dans cette pièce, le tutoiement sera de rigueur et pour ta pilosité, comme pour le reste, nous t'aiderons avec Laurie.
Tu as pu remarquer que nous n'avons pas les mêmes gouts en la matière, donc tu choisis et nous ferons le travail d'esthéticienne, dit une Géraldine enjouée.
Maintenant, Laurie va nous laisser et nous allons pouvoir commencer notre séance.
- D'accord Cheffe ! Mais avant de vous quitter, voici ton cadeau, dit Laurie en tendant un sac à Aline, tu regarderas ça dans ta chambre.

Après le départ de la kinésithérapeute, la séance prit tout son sens thérapeutique et Aline se livra pleinement. Elle raconta son parcours jusqu'à la faculté de médecine, son côté première de la classe, qui l'avait souvent mise à l'écart. Puis la rencontre, la fellation forcée et l'accident.

Depuis, elle se sentait triste et elle avait du mal à imaginer son avenir. Pourra-t-elle continuer ses études ? Où ira-t-elle vivre, car son logement est inadapté ? Trouvera-t-elle l'amour ? Pourra-t-elle avoir un enfant ? ... Énormément de questions qui lui encombraient l'esprit et l'empêchaient de se reposer aisément.

La psychologue l'écouta attentivement, nota sur une feuille quelques mots, puis, lors d'un silence, elle posa une question à Aline :

- Peux-tu me reparler du moment avant la course folle vers l'accident de voiture ?
- En revenant de chez mes parents, Paul s'est garé dans un endroit discret, nous nous sommes embrassés et fait quelques caresses chastes, puis il a voulu me sauter dans sa voiture. Comme je ne voulais pas, il a sorti son sexe et m'a dit de le sucer. J'ai à peine eu le temps d'ouvrir la bouche, qu'il m'a appuyé sur la tête et, en tenant mes cheveux, il m'imposait son rythme. Il a éjaculé dans ma bouche sans prévenir ! Surprise et écœurée, j'ai ouvert la portière et j'ai vomi au sol. Il s'est vexé et voilà le résultat.
- Avais-tu envie de faire cette fellation ?
- Non !
- Donc tu n'étais pas consentante ?
- En effet, je ne voulais pas faire mes premières fois dans une voiture et je n'avais pas envie à ce moment-là !
- Comment définirais-tu une pénétration sans consentement et sous contrainte ?
- C'est un viol.
- Donc ?
- J'ai été violée ! dit Aline, le visage inondé de larmes.
  Ce salaud m'a souillée, détruite physiquement et moralement !
- Souhaites-tu porter plainte contre lui ?
- J'ai déjà porté plainte pour l'accident !

- Oui, mais pas pour le viol qu'il t'a fait subir. C'est pourquoi je te demande si tu souhaites porter plainte, tu en as le droit, tu es une victime.

- Je veux bien, mais je suis bloquée ici !

- Si tu me fais confiance, je vais contacter le gendarme chargé de l'enquête sur l'accident, je vais lui expliquer les faits et ta situation actuelle. Il verra comment il souhaite prendre ta plainte et, dans tous les cas, je t'accompagnerai.

- Je te remercie par avance, vous êtes de belles personnes, Laurie et toi !

Après avoir séché ses larmes et salué sa thérapeute, Aline retourna à sa chambre avec son petit sac contenant sûrement un trésor.

Un trésor peut en cacher un autre

Corine vit arriver sa jeune voisine, celle-ci sans dire un mot s'enferma dans le cabinet de toilette et après un certain temps en ressortit, les joues empourprées. C'est alors qu'elle vit la jeune femme cacher quelque chose dans sa table de nuit, un objet qui devait être électrique, car un câble sortait du tiroir et se prolongeait jusqu'à la prise murale.
En bonne policière, elle interrogea Aline :

- Tout va bien ? Dit-elle sur un ton neutre.

- Oui, la séance m'a juste un peu secouée ! Dit une Aline gênée. Nous avons parlé du viol que j'ai subi de la part de mon ex-copain et elle va faire le nécessaire pour que je puisse porter plainte.

- Cette thérapeute m'a l'air de faire des miracles, car elle a su te faire admettre que tu es la victime d'un salopard, mais en plus, elle fait relais de colis ! Dit Corine avec un gros sous-entendu.

- Pourquoi dis-tu cela ? Demanda innocemment la jeune femme.

- Tu es revenue avec un sac en Craft et tu t'es enfermée quelques minutes dans le cabinet de toilette. Tu en es ressortie avec un air gêné et tu as caché un objet dans ton tiroir qui est en train de charger, dit l'enquêtrice.

- J'avais oublié que tu travaillais dans la Police.
  En effet, je suis revenue avec un sac, mais ce n'est pas elle qui me l'a remis. Cela vient de ma kiné, elle essaye de me faire accepter mon corps de femme invalide ! Peux-tu garder ça pour toi ?

- Avec moi, ton secret est bien gardé ! Si je me permets une petite déduction par rapport à ce que tu m'as dit, c'est un objet qui permet de découvrir sa féminité, qui se recharge et tu es gênée que quelqu'un puisse le voir… C'est un sex-toy ? Dit doucement la policière.

- Félicitation, Sherlock Holmes ! Mais quelque chose de non-invasif, si tu vois ce que je veux dire ?
- Il n'y a que les hommes qui pensent qu'il faut un gourdin pour prendre du plaisir. Les femmes peuvent très bien se passer d'eux pour le plaisir, ils ne sont utiles que si nous souhaitons procréer.
- Je te fais confiance là-dessus, car je ne connais que la théorie et je n'ai que peu de pratique ! dit la jeune femme.
- Nous avons tellement de points sensibles que, si je n'étais pas alitée et si je n'étais pas mariée, je me ferais un plaisir de te les faire découvrir, mais seulement si tu étais consentante.
- Avant, je t'aurais dit que je ne mange pas de ce côté du pré, mais depuis quelques jours je sais que seuls les ânes ne savent pas que l'herbe est bonne des deux côtés du champ.
- Quelle belle métaphore ! Mais qu'est-ce qui t'a fait changer de position ? Demanda l'enquêtrice.
- Je suis en ce moment des cours accélérés en sexologie appliquée ! Dit la jolie Rousse, le regard pétillant.
- Accepterais-tu de me montrer le jouet que tu as caché dans ta table de nuit ?

La jeune femme ouvrit le tiroir, en sortit le petit stimulateur clitoridien et le tendit en direction de Corine qui, à la vue de l'appareil, se mit à avoir les larmes aux yeux. Elle pensa à sa femme, qui en son absence devrait se contenter de jouets. La policière se sentit si diminuée avec ses bras et son buste immobilisés, elle sera donc à la diète pendant un temps indéterminé, elle qui avait un grand appétit pour le sexe !

Aline, bien que néophyte dans le saphisme, proposa à sa voisine de chambre en échange de son expérience dans le domaine de l'aider dans l'assouvissement de son plaisir. Une proposition qui enchanta la femme noire.

Corine invita la jeune Rousse à s'approcher d'elle et à relever son drap, ce que fit Aline, découvrant un sexe nu sous une robe.

- Étant incapable de me déshabiller seule, j'ai demandé à n'avoir que peu de tissu ! Dit la panthère noire.
- Je n'avais jamais vu le sexe d'une femme noire et c'est surprenant la différence de couleur entre tes lèvres !
- Approche-toi, commence à embrasser l'intérieur de ma cuisse ! Voilà comme ça ! Continues par mon sexe ! Sors ta langue et, avec la pointe, touches mes lèvres ! Lèches mon périnée ! Tu es vraiment douée... Maintenant, écarte mes lèvres avec tes doigts et titilles-moi de clitoris ! Mets ta langue à plat et utilises toute sa surface pour pouvoir me procurer un maximum de plaisir ! Continues... Oh Ouiiiiiiiiiiiiiiiiiiii !

Alors que Corine jouissait sous la langue de sa jeune voisine, Christophe, interpellé par les bruits, était entré dans la chambre sans avoir été aperçu par les deux femmes. Son pantalon ne cacha pas le trouble dont il fut atteint, sa cécité ne l'empêchait pas d'avoir vécu la scène par l'intermédiaire des paroles de Corine.

Tout à coup, cette dernière vit le jeune homme et, après avoir refermé les jambes, elle lui dit :

- Ça ne te gêne pas trop de rentrer dans une chambre et de mater !
- Pour ma défense, je ne vous ai pas vu, je suis aveugle !
- Tu n'as peut-être pas vu, mais ton sexe montre que tu as dû bien profiter de l'audio descriptif du spectacle ! Dit Aline en touchant le sexe du jeune homme à travers ses vêtements.
- En effet, je vous ai écoutées et je vous prie d'excuser mon indiscrétion. Je vais retourner dans ma chambre. Dit-il tout penaud.
- Pas si vite ! Dit Corine avec un ton sec, tu en as profité, maintenant, c'est notre tour, montre-nous ce que cache ton vêtement !

Christophe qui, malgré des années de sports collectifs où la pudeur n'était pas permise, fut pris au piège par ces deux femmes et se sentit obligé de leur dévoiler son anatomie. Il baissa le dernier rempart qui séparait son membre de la vue de ses spectatrices et leur présenta un sexe bandé.
Aline fut surprise par la taille de l'appendice et Corine ne put s'empêcher de faire un commentaire :

- C'est un roc ! ... C'est un pic ! ... C'est un cap ! ... Que dis-je, c'est un cap ? ... C'est une péninsule !

Ils se mirent tous trois à rire, mais les yeux de la jolie Rousse semblaient être envoutés par le sexe de Christophe, elle parut dans un état second et sa main fut comme attirée par ce bel organe. Aline le toucha, ce qui provoqua un mouvement de surprise du jeune homme. Elle le caressa d'abord doucement, puis, sur les conseils de son amie, elle se mit à le masturber plus énergiquement. Aline se souvint alors du plaisir qu'avait offert Laurie à son patient et elle posa ses lèvres sur le gland violacé. Une partie de la verge de Christophe disparut dans la bouche de la jeune femme et, malgré qu'il ait averti de l'arrivée imminente de son plaisir, Aline, ne voulant pas laisser de trace, ne s'interrompit pas et recueillit une grande quantité du plaisir du jeune homme et l'avala. Elle sentit qu'une nouvelle étape avait été franchie.

Après cet intermède très enrichissant et plaisant, le jeune homme retourna dans sa chambre et les deux femmes, bien qu'excitées par ce moment d'amusement, se séparèrent pour leurs rééducations. Mais maintenant qu'elles avaient franchi un cap, elles savaient que la porte des plaisirs était entrouverte.

La Police vient à Aline

Seulement quelques jours après avoir pris conscience de ce qui lui était arrivé avant l'accident, un matin, Aline fut invitée à venir dans le bureau de la psychologue afin de rencontrer l'officier de police qui était venu pour prendre sa plainte. La policière, vêtue simplement d'un jean et d'une chemise mettant en évidence un joli corps, se leva et tendit une main ferme à la jolie Rousse :

- Lieutenante Delphine Talaron, je suis là à la demande de Mademoiselle Le Quéré, qui m'a contactée pour m'informer de ce qui vous est arrivé avant le dramatique accident dont vous semblez être la seule victime.

- Bonjour Mademoiselle ! Dit Aline, n'ayant pas vu d'alliance, j'ai en effet été la seule victime de l'accident et, selon les gendarmes et mon avocat, le conducteur n'était pas en état de conduire.

- En effet, d'après les informations que j'ai pu obtenir auprès de mes collègues gendarmes, il était positif à la cocaïne. De plus, la vitesse excessive est avérée, il n'y a donc aucun doute sur la responsabilité du conducteur dans l'accident qui vous a mis dans ce fauteuil roulant.
  Mais si je suis là aujourd'hui, c'est pour parler de ce qui s'est passé avant l'accident. D'après votre thérapeute, vous souhaitez porter plainte. Est-ce toujours le cas ?

- Oui ! Après avoir admis ce que j'ai subi avant l'accident, je souhaite porter plainte contre le conducteur pour m'avoir forcée à lui faire une fellation, dit Aline avec conviction.

- Je reprends donc depuis le début : que faisiez-vous dans cette voiture ? demanda la policière derrière l'écran de son ordinateur portable.

- Au moment des faits, j'étais en couple avec monsieur Paul Huxe et, pensant qu'il était un homme bien, j'ai voulu le présenter à mes parents autour d'un repas à leur domicile près de Grenoble.
Après le repas, nous avons repris la route en direction de la faculté de médecine, mais le conducteur a arrêté son véhicule dans un petit chemin où personne ne pouvait nous voir. Il s'est penché vers moi, m'a embrassée, puis m'a touché la poitrine et a essayé de me toucher en dessous de la ceinture, ce que j'ai refusé.
Il m'a alors ordonné de faire le nécessaire pour calmer son érection, il a appuyé sur ma tête et a éjaculé dans ma bouche, j'ai recraché à l'extérieur du véhicule et cela l'a mis dans une rage folle, il a démarré son véhicule et voilà le résultat.

- Excusez-moi par avance de vous poser certaines questions, mais je me dois d'être précise et encore plus dans une affaire criminelle, dit la policière alors qu'elle notait les déclarations de la jeune Aline.
Etiez-vous consentante pour les caresses sur votre poitrine ?

- Même s'il ne me l'avait pas demandé, je n'avais pas émis de réprobation et c'était même un moment agréable.

- Monsieur Paul Huxe a-t-il touché votre sexe ?

- Bien qu'il ait essayé, il s'est heurté à un jean slim et une ceinture qui l'ont empêché d'atteindre cette partie de mon anatomie.

- Le conducteur a-t-il lui-même sorti son sexe ?

- Oui, c'était la première fois que je voyais un sexe en érection, ailleurs que dans un livre d'anatomie.

- Étiez-vous consentante pour la fellation que vous avez pratiquée à monsieur Huxe ?

- Je n'étais pas consentante, j'étais face à un homme dont le sexe en érection était sorti, qui m'ordonnait de m'occuper de lui et qui me tenait par les cheveux, me poussant vers sa verge.
Je n'étais pas non-plus consentante qu'il éjacule dans ma bouche.

- Votre agresseur avait-il des signes distinctifs sur ou autour de son sexe ?

- Il a un grain de beauté sur la verge !

- Selon vos déclarations et si elles sont retenues par le procureur de la République, vous êtes présumée victime d'un viol par monsieur Huxe, car selon votre déposition, l'acte sexuel aurait été fait sous la contrainte.
Dernière question, avez-vous fait des tests pour savoir s'il ne vous a pas transmis une infection sexuellement transmissible ?

- Vous allez me prendre pour une écervelée, mais je n'ai même pas pensé à cela. Je vais demander à une infirmière de faire le nécessaire.

- Je note que vous allez faire une recherche de potentielles IST. J'imprime votre déposition, veuillez la relire et, si elle vous semble correcte, vous pouvez la signer.

Aline signa les trois exemplaires de sa déposition, l'officier la tamponna et la signa à son tour. Puis la lieutenante dit à la jolie

Rousse que dans son cas, il faudra beaucoup de patience, car le tribunal correctionnel devra se prononcer sur les responsabilités du conducteur dans l'accident, en premier lieu pénalement et ensuite civilement. Le premier volet sera destiné à savoir s'il était responsable des faits qui lui étaient reprochés. Dans ce cas, il risquera une amende, une remise en cause de son droit de conduire et parfois une peine de prison. Il devra sûrement prendre en charge une partie des frais d'avocat de la jeune femme. Dans le volet civil, le tribunal devra juger les compensations financières qui seront allouées à la victime, à la caisse primaire d'assurance maladie et à la famille de la victime. Ce sera sûrement une longue bataille entre assurances.

En parallèle, suite à cette plainte pour viol et si le Parquet poursuit sur ce chef d'accusation, monsieur Paul Huxe devra comparaître aux Assises et, là encore, il ne fallait pas s'attendre à avoir un procès avant un long moment. La lieutenante dit même à Aline qu'elle serait sûrement déjà sortie de cet établissement et aurait repris une vie plus paisible avant que la justice n'ait jugé le volet civil et que le procès d'Assise ne soit programmé.

En entendant le long parcours judiciaire qui l'attendait, Aline se mit à pleurer et la psychologue se mit à genoux pour la réconforter, lui promettant de la soutenir même lorsqu'elle aura quitté le centre de réadaptation et jusque sur les bancs des tribunaux.

La jolie Rousse retourna à sa chambre en attendant son prochain rendez-vous avec sa kiné si particulière. Elle y retrouva Corine en grande conversation avec un jeune homme brun qui d'après sa tenue, devait être un personnel soignant. Lorsqu'il se retourna pour voir qui, entrait dans la pièce, Aline ne vit seulement que les yeux de l'homme, ils étaient semblables à deux Turquoises, des iris bleus intenses où des zébrures noires étaient présentes. Ces deux joyaux étaient protégés par ses paupières comme deux écrins. Ce bel individu se prénommait Adam, l'un des ergothérapeutes, et il était principalement chargé du service dans lequel se trouvaient les deux femmes. Il était ici pour trouver des solutions pour faciliter la vie de Corine, mais il comptait bien voir Aline après qu'elle ait terminé sa séance de kiné.

Aide à la (re)découverte

En début d'après-midi, Aline se rendit au plateau technique de rééducation et chercha où put se cacher sa kiné. Celle-ci lui fit signe d'approcher de la salle où elle était, l'aida à s'installer sur une table, avant de fermer à clé la porte de la petite pièce.

Laurie s'approcha de la jeune paraplégique et lui demanda si elle avait déjà fait connaissance avec son nouveau jouet.

Aline repensait aux évènements qui avait suivi l'arrivée de son stimulateur, mais elle n'osa dire spontanément ce qu'il s'était passé entre les murs de sa chambre. Elle se contenta juste de répondre à sa thérapeute que, pour le moment, elle n'avait pas encore pleinement exploré son corps meurtri.

La kiné lui proposa d'ôter son pantalon afin de commencer le massage de ses jambes. Mais à son grand étonnement, elle ne vit pas Laurie prendre une huile de massage et ce n'est pas vers ses pieds que la thérapeute se dirigea, mais vers sa culotte, la souleva et commença à effleurer sa crinière rousse, donnant de nouvelles sensations à la demoiselle. Aline ne s'était pas rendu compte jusqu'à cet instant, que ces moments sensuels étaient essentiels dans la découverte de son corps.

Ensuite, la kiné se pencha et émit un léger souffle sur le sexe de sa patiente. Aline sentit alors un frisson lui parcourir le corps. Elle voulait que ce moment ne s'arrête pas et, comme si son désir était arrivé aux oreilles de l'autre femme, une langue chaude et humide parcourut ses lèvres vierges de toute exploration autre que celle des doigts de la jolie Rousse.

La pointe de cette langue sembla vouloir explorer le bel abricot de la demoiselle, un fruit juteux que des doigts commencèrent à écarter. Aline, qui avait déjà regardé son anatomie avec un miroir, voulut refermer ses cuisses, mais son handicap l'en empêcha, elle dit alors :

- Arrêtes, j'ai honte !
- Honte ? Honte de quoi ? Honte qu'une femme te fasse un cunni[7] ?
- Non, j'ai honte de mon sexe ! Dit Aline.
- Parce que tu n'es pas épilée ?
- Non, parce que mes petites-lèvres sont asymétriques et dépassent les grandes !
- Je peux te rassurer, j'en ai vu et même de près. Aucun sexe ne se ressemble et c'est tout à fait normal d'avoir des petites lèvres comme les tiennes. J'ai même rencontré une femme qui, une fois excitée, avait un clitoris tellement volumineux que j'avais l'impression de sucer une petite bite.

Pendant qu'elle expliquait son expérience de vie, Laurie continua de caresser le sexe d'Aline et tout à coup, elle se repencha sur le sexe de la jeune femme, écarta ses lèvres intimes et, avec toute l'épaisseur de sa langue, elle parcourut le sexe de la belle Rousse. Après quelques passages, Aline ressentit une chaleur monter en elle et ce qu'elle pensait impossible se produisit : elle eut un orgasme. Laurie regarda Aline profiter de cet instant de bonheur retrouvé puis lui demanda ses impressions.

La jeune paraplégique expliqua qu'elle avait ressenti des sensations qu'elle n'avait jamais connues jusqu'alors et qu'elle ne pensait pas connaître du fait de son handicap. Elle dit alors à

---

[7] Cunni : diminutif de Cunnilingus

Laurie qu'elle se sentit prête à découvrir de nouvelles choses et lui avoua ce qui s'était passé dans sa chambre entre elle et sa voisine. Elle ne put éluder qu'elles avaient été surprises par Christophe et que Corine avait voulu se venger de cet importun. Elle n'hésita pas non plus à raconter la fellation qu'elle avait offerte au jeune homme, elle dit à la kiné que la canne qui lui servait à se déplacer ne faisait pas d'ombre à celle qu'elle avait pu tenir entre ses lèvres.

Laurie comprit alors pourquoi la jeune femme était aussi perturbée par ses lèvres intimes et lui dit de ne pas comparer avec les siennes et celles de sa voisine de chambre, car en plus des différences entre le sexe de chaque femme, il était possible que Corine ait recouru à la chirurgie. La kiné lui demanda de garder un secret, ce qu'Aline accepta sans problème. La kiné lui avoua qu'à ses débuts de vie sexuelle, de nombreux partenaires masculins s'étaient gaussés de la longueur de ses petites lèvres qui dépassaient beaucoup, vraiment beaucoup plus que celles de la jolie Rousse, ce qui l'avait énormément complexée, au point qu'elle avait eu recours à une nymphoplastie par technique longitudinale.

En voyant le visage médusé d'Aline, la kiné lui expliqua en quoi consistait l'intervention qu'elle avait subie étant jeune. L'opération se résumait à retirer l'excédent de peau sur la totalité des deux petites lèvres, permettant ainsi qu'elles étaient plus courtes et symétriques. L'inconvénient était que chez certaines femmes le résultat paraissait moins naturel. Par chance, chez elle, cela donnait un résultat très esthétique.

Avant de finir sa séance, Laurie fit promettre à la jeune femme qu'elle ne laisserait personne la rabaisser ou juger son corps, car elle était, elle fut et elle resterait une belle femme, dont le corps même diminué fut très sexy et attira le regard de nombreuses personnes, hommes ou femmes.

L'Ergonomie pour une nouvelle vie

Aline retrouva Adam dans une salle attenante au plateau technique de kinésithérapie. L'ergothérapeute était derrière une petite table sur roulettes et, encore une fois, Aline fut subjuguée par les yeux du jeune homme. Celui-ci la fit redescendre brusquement sur terre en lui annonçant qu'ils allaient avoir beaucoup de travail en perspective. En effet, dans un premier temps, il fallut trouver un fauteuil roulant adapté à la morphologie, au handicap et à la vie d'Aline. Dans un second temps, il faudra consulter un médecin agréé et une auto-école pour que la jeune femme puisse retrouver son autonomie. Dans un troisième temps, il faudra envisager le lieu où la jeune femme ira vivre en sortant du centre de rééducation. Voir l'accessibilité du lieu et les aménagements à prévoir pour une personne à mobilité réduite. Dans un quatrième temps, il faudra constituer un dossier MDPH[8] pour financer une partie des aides servant à compenser le handicap. Dans un cinquième temps, Aline devra réfléchir à son projet de vie afin de savoir ce qu'elle voudra faire à sa sortie du Centre.

La jeune femme expliqua à l'ergothérapeute qu'avant cet accident qui l'avait rendue paraplégique, elle était en cinquième année de médecine dans le but de devenir chirurgienne. En fauteuil, il lui serait impossible de poursuivre son rêve et, à ce jour, elle ne savait pas ce qu'elle allait devenir !

Adam lui fit remarquer que rien ne l'empêcha de continuer des études de médecine. En revanche, si elle ne put plus exercer au bloc opératoire, d'autres issues s'offrirent à elle. Il existait de nombreuses solutions technologiques et la science ne faisait qu'avancer. Il lui fit remarquer qu'elle n'avait pas perdu l'usage

---

[8] M.D.P.D.H. : Maison Départementale pour les Personnes Handicapées

de ses bras et de sa capacité intellectuelle, elle pourrait donc apporter une aide primordiale à la médecine.

Aline n'avait jusqu'à maintenant jamais rêvé sa vie ailleurs que dans un bloc opératoire, et donc elle aimerait continuer d'envisager une vie de chirurgienne. Elle espérait donc que l'ergothérapeute pourrait l'aider. Mais aujourd'hui, la priorité était de retrouver une autonomie et, sortir du centre. Pour cela, Adam lui montra des catalogues contenant de nombreux fauteuils roulants. La jeune femme sembla un peu perdue, car elle n'avait aucune connaissance sur le sujet.

L'ergothérapeute lui avait fait une première sélection et lorsqu'Aline lut les fiches de tarifs, elle prit peur, les prix étaient exorbitants et les nombreuses options lui firent lever les yeux au ciel. Elle savait que ses parents lui apporteraient la caution financière pour obtenir le fauteuil adéquat, mais comment faisaient les personnes qui ne disposaient pas d'une telle aide financière ?

Au vu de sa morphologie, un modèle actif et léger serait primordial, son choix se porta donc sur un fauteuil en fibre de carbone à près de sept mille quatre cent euros hors options, un luxe qui lui permettrait de préserver ses épaules. Elle se rendit compte aussi que les options étaient nombreuses et onéreuses (pneu, main courante, roulette anti-bascule, etc.).

Afin de ne pas perdre de temps dans la prise en charge des besoins d'Aline, un aménageur de véhicules fut appelé pour que la jolie Rousse puisse essayer plusieurs systèmes d'aide à la conduite et ainsi constituer le dossier MDPH correspondant aux besoins de la jeune femme.

À la fin de sa séance, lorsqu'elle se retourna pour repartir dans sa chambre, Aline se rendit compte de la présence de Christophe dans la salle d'ergothérapie. Il venait lui aussi de terminer ses soins et il allait repartir également dans le service. Il proposa alors à la demoiselle de faire le trajet ensemble et ainsi de reparler de ce qu'il s'était passé auparavant. La jolie Rousse, les joues rougissantes, accepta.

Arrivée dans l'ascenseur, Aline dit à Christophe :

- C'était la première fois que je réagissais ainsi ! Est-ce l'ambiance ? Est-ce toi ? Toujours est-il que jusque-là, je n'avais jamais eu de rapport saphique ou fait de fellation consentie avec un homme.

- Je te crois sur parole, mais permets-moi de te dire que pour une débutante, tu te débrouilles très bien, dit Christophe avec un sourire.

- J'ai découvert ton anatomie avant de découvrir l'homme. J'aurais préféré le contraire, mais il n'est pas trop tard, dit la demoiselle en prenant la main du jeune homme.
Aline, vingt-deux ans, en cinquième année de médecine, rousse aux yeux verts, un mètre quatre-vingt-six avant de me retrouver en fauteuil roulant.

- Christophe, vingt-trois ans, en quatrième année d'école d'ingénieurs en programmation d'intelligence artificielle, un mètre quatre-vingt-dix et des yeux noisette inutiles maintenant que je suis devenu aveugle, répondit le jeune homme avec la même pointe d'humour.

- Puis-je te demander comment tu t'es retrouvé ici ?

- Un banal accident de vélo, je descendais une rue et le feu étant vert, je n'ai pas regardé si un véhicule venait à droite ou à gauche, et malheureusement, une voiture n'a pas respecté le feu et je suis passé par-dessus. Après un vol de plusieurs mètres, j'ai atterri sur la tête. L'un de mes avants bras a été fracturé et un œdème s'est formé dans ma tête, il a compressé des nerfs optiques et, malheureusement, lorsqu'il s'est résorbé, je ne voyais plus.
Et toi, que t'est-il arrivé ?

- Je te fais une version courte. J'étais dans la voiture de mon ex, qui entre parenthèses aurait besoin d'une intelligence artificielle. Il s'est arrêté dans un sous-bois, m'a peloté et comme je ne voulais pas perdre ma virginité dans ces conditions, Monsieur m'a imposé une fellation, il a éjaculé dans ma bouche, j'ai recraché dehors, il s'est vexé, a redémarré en trombe et après un périple à vive allure, la voiture a fait des tonneaux. Résultat, j'ai une lésion à la moelle épinière, qui fait que je suis paraplégique.

- Nous avons donc un point commun : une voiture nous a rendus handicapés. Mais si je comprends bien, dit Christophe, ton ex-copain t'a imposé un acte sexuel, donc c'est un viol ?

- En effet, en plus d'être un mauvais conducteur, il m'a brisée complètement : le cœur, car je croyais que c'était un homme bien, l'estime de moi en m'imposant une fellation et ma colonne vertébrale lors de l'accident dont il est le seul responsable.
Suite à l'accident, des gendarmes sont venus me rencontrer à l'hôpital de Grenoble et j'ai porté plainte contre lui pour l'accident. Après avoir rencontré la psychologue du centre de

réadaptation, j'ai porté plainte dernièrement pour le viol que j'ai subi avant l'accident.

- Tu as raison, personne n'a le droit de toucher ou d'imposer quoi que ce soit à une autre personne, dit le jeune homme.

Arrivés à l'étage de leur service, les deux jeunes gens se dirigèrent vers la chambre de Christophe et discutèrent tout le reste de la journée et n'en ressortirent, que pour manger au restaurant du centre. Ils devinrent si proches en si peu de temps, qu'ils n'hésitèrent plus à s'effleurer la main ou à s'embrasser en public. Contrairement à de nombreux jeunes de leur âge, Aline et Christophe se fichaient royalement de leurs handicaps et étaient attirés par la beauté qui transpirait à travers leurs discussions.

Des essais et des désillusions

Une semaine après leur rapprochement, Aline et Christophe se retrouvèrent une nouvelle fois en salle d'ergothérapie. Ce jour-là, l'ergothérapeute présenta au jeune homme un appareil monté sur des lunettes, qui remplacera ses yeux en scannant un texte et en le lisant à Christophe. Ce système était également capable de décrypter la monnaie, et donc de l'aider au quotidien.

La jeune femme vint voir son ergothérapeute pour essayer le fauteuil qu'elle avait choisi dans le catalogue et également rencontrer l'aménageur de véhicules qui était venu avec une petite citadine. Celle-ci disposait de nombreuses commandes au volant et Aline fut invitée à se placer côté conducteur afin de voir celles qui lui conviendraient le mieux, et pour cela, elle fut conduite dans une zone industrielle afin de les tester. Le choix se porta sur un cercle accélérateur au volant et une poignée de frein, un petit ensemble qui valait la modique somme de trois mille euros. L'aménageur et l'ergothérapeute, ne pouvant évaluer le montant que la MDPH prendra en charge, elle appela ses parents pour les informer de la somme à débourser pour compenser une partie de son handicap. Malgré tout, Adam lui promit de faire tout le nécessaire pour monter un dossier auprès de la Maison Départementale pour les Personnes Handicapées, ce qui permettrait à Aline de se projeter dans l'avenir.

Le bel Adam ne lui promit pas le paradis, mais un monde encore imparfait pour les personnes handicapées. Lorsqu'ils se penchèrent ensemble sur son logement actuel, ce fut la douche froide. Aline vivait jusqu'à présent dans un appartement en colocation et surtout inadapté à la nouvelle situation de la jeune femme. Il serait impossible d'apporter des modifications pour le rendre accessible, et donc, si Aline souhaitait sortir du centre de réadaptation et reprendre ses études, elle devait trouver un logement pour personne à mobilité réduite, près du campus et assez rapidement pour ne pas perdre sa place au sein de la faculté. Ce ne fut pas un caillou dans sa chaussure, mais un rocher !!! Heureusement qu'elle était paraplégique…

La recherche s'avéra complexe et les logements adaptés furent rares. Et alors qu'elle alla abandonner sa prospection, elle tomba sur la perle rare : un appartement en rez-de-chaussée, adapté aux personnes à mobilité réduite, meublé et refait à neuf. Elle n'aurait alors plus qu'à poser ses valises ! Le seul hic : c'était un T3 et le loyer demandé fut deux fois plus cher que son logement en Cité Universitaire. La demoiselle commença à désespérer lorsque Christophe, qui était encore dans la même salle, se permit d'intervenir et lui demanda si elle serait prête à faire une colocation et surtout si ce serait avec un homme. Elle répondit que si l'homme respectait sa situation et les règles de vie en communauté, elle ne vit pas pourquoi elle serait réticente à une telle proposition. Il lui dit alors que lui aussi recherchait un logement à Grenoble, car il vivait chez ses parents à Gières et prenait sa voiture pour aller étudier dans la capitale des Alpes.

Même si Aline avait des sentiments pour le beau Brun, elle craignit que Christophe eut de mauvaises intentions. Des appréhensions que le jeune homme sembla avoir ressenties, il lui fit la promesse de la respecter et admit avoir des sentiments pour la jeune femme qu'il avait découverte dernièrement. Des paroles qui semblaient sincères et qui émurent la demoiselle.

Adam se permit de rappeler aux deux patients que cette perle immobilière ne fut pas forcément encore sur le marché ou qu'elle risqua de ne plus l'être longtemps. Aline appela alors l'agence chargée du dossier et, à sa grande surprise, son interlocuteur lui expliqua que le bien était actuellement occupé par le fils des propriétaires, mais que, si elle pouvait attendre, il sera libre pour la prochaine rentrée universitaire. Une aubaine qu'elle ne put laisser passer et sans avoir l'aval des médecins, elle demanda à l'agence de mettre une option sur le bien. Elle promit de venir signer les documents dès qu'ils seraient établis par l'agence.

L'ergothérapeute regarda la jeune femme et lui demanda avec un sourire aux lèvres :

- Si je comprends bien, tu vas reprendre tes études de médecine ?
- Je ne suis qu'en cinquième année et je vais réfléchir à une spécialisation qui me permettrait de vivre mes rêves tout en étant en fauteuil roulant, dit la jolie Rousse.
- Christophe, te voilà engagé avec une jeune femme pour ta première colocation, te sens-tu prêt à nous quitter ? Demanda Adam.
- Je ne vais pas vous mentir, même si j'ai hâte de sortir, j'ai peur de ne pas être assez autonome ! Avoua Christophe.
- Si tu acceptes d'être mes jambes, je veux bien être tes yeux dans notre futur appartement, dit Aline.
- Je peux te faire confiance sur le fait de bien te servir de tes yeux et, si tu le souhaites, mes jambes sont les tiennes, dit Christophe avec sourire en coin.

Malgré les sous-entendus de part et d'autre, Adam proposa aux deux jeunes gens, de consulter ses collègues pour leur permettre d'atteindre leur objectif commun de « quitter le centre de réadaptation et de reprendre une vie aussi normale que possible ». Pour en arriver là, ils devront redoubler de travail, et même lorsqu'ils seront seuls. Aline et Christophe furent prêts à tout pour atteindre leur but.

Pas de salade avec les avocats

Ce matin-là, alors qu'elle avait rendez-vous avec la psychologue, Aline retrouva dans le bureau de la thérapeute, Maître Lerom, son avocat, accompagné d'une femme avec de beaux cheveux bouclés et une poitrine généreuse cachée dans une belle robe noire.

En voyant la surprise de la jeune femme, l'avocat prit la parole afin d'expliquer sa présence et qui était la femme l'accompagnant :

- Bonjour Mademoiselle ! Je pense que vous vous rappelez de moi, Maître Lerom, je suis chargé de votre dossier contre Monsieur Huxe.
  Je tiens à vous présenter Maître Des Pins, avocate spécialisée dans les volets criminels, tels que les viols. Étant moi-même spécialisé dans le droit routier, je me suis permis de solliciter ma consœur et, si vous lui donnez pouvoir, elle vous accompagnera et assurera votre défense jusqu'à la fin de la procédure, dit-il en se tournant vers la femme à ses côtés.

- Bonjour, j'ai de la chance : deux maîtres pour une femme qui en a presque perdu un, plaisanta Aline.
  Après ce petit trait d'humour, si vous avez demandé l'aide d'une consœur, dois-je en déduire que ma plainte a été prise en compte ?

- Mademoiselle, dit Maître Des Pins, en effet, si je suis ici, c'est parce que votre affaire est prise très au sérieux par le Parquet, puisqu'après une garde-à-vue durant laquelle Monsieur Huxe, accompagné de son avocat, s'est retranché derrière son droit au silence, il a été déféré devant un juge d'instruction qui lui a signifié qu'il était mis en examen pour viol par contrainte sur votre personne. Compte tenu de son casier vierge, du besoin d'établir des expertises psychiatriques et de poursuivre les investigations, le juge d'application des peines et de la détention a remis en liberté ce monsieur, mais il n'a pas le droit de rentrer en contact avec vous.

Face à l'incompréhension d'Aline sur la liberté retrouvée de Paul, les deux avocats expliquèrent à la jeune femme que, même si les faits reprochés étaient très graves, Paul n'avait pas de casier judiciaire et que le juge ne disposait pas d'éléments l'obligeant à incarcérer préventivement Paul. Malgré tout, les avocats assurèrent à Aline que, uniquement pour l'accident responsable avec plusieurs circonstances aggravantes, Paul risquait jusqu'à sept ans de prison et cent mille euros d'amende. De plus, aux Assises, il risquait encore une peine de prison ferme.

Après plus de deux heures de discussion et avant de partir, les avocats de la jolie Rousse lui demandèrent de bien garder toutes les factures et toutes les ordonnances résultants de son accident. Ils comptaient bien demander aux tribunaux de reconnaître Aline et ses parents comme parties civiles et de demander réparation des dommages subis par Aline et ses parents et les frais que cela engendre.

___Dure rééducation___

En ce début d'après-midi, Laurie accueillit sa patiente avec un grand sourire et elle lui dit alors :

- Tu veux nous quitter pour aller vivre avec le beau Brun qui souhaite te regarder avec ses mains ?
- Je ne savais pas que tu étais voyante, dit Aline avec malice. Je ne vais que vivre en colocation avec Christophe, nous aurons chacun notre chambre.
- Je vous vois tous les deux et je prédis que vous aurez très vite une chambre d'ami, dit la kiné en faisant un clin d'œil.
- En attendant mon départ, je dois poursuivre ma rééducation, renforcer le haut de mon corps et savoir maitriser mes moyens d'éliminations.
- Avec le professeur de sport adapté, nous allons t'aider à te muscler et, si tu souhaites continuer notre éducation spéciale, je suis toujours là.
- Même si ma pilosité est peu développée, j'aurai sûrement besoin d'un rafraîchissement de mon pubis. À chaque fois que je me lave, j'ai l'impression d'avoir un buisson, dit une Aline gênée.
- Un beau buisson rougeoyant qui, même dru, doit plaire aux doigts de ton futur colocataire, dit malicieusement la kiné.
- Tu ne peux pas t'empêcher de te moquer de moi ! Non, depuis notre moment partagé avec Corine, nous n'avons fait que discuter pour mieux nous connaître.
- Rien ? Pas un câlin ? Pas une caresse sur tes jolis seins ? Pas un doigt n'a effleuré ta jolie toison rousse ? Il n'a donc pas

humé le parfum enivrant de ce sexe que j'ai adoré parcourir dernièrement ?

- Rien ! Je veux mieux connaître mon corps avant de le faire découvrir à un homme, déclara la jolie Rousse.
- Je te comprends et, si tu le souhaites, pour toi, je peux devenir esthéticienne ? Je le fais déjà pour Géraldine !
- J'ai bien vu le résultat lors de ma première visite dans son bureau…
- Elle ne met de culotte que lorsque la nature l'oblige. Le reste du temps, elle vit le buisson au vent !
- Je te prends au mot et, dès que tu le pourras, je serais ravie que tu t'occupes de ma pilosité.
- En attendant, nous allons nous occuper de te faire obtenir la musculature nécessaire à une vie quasi autonome !

Aline s'installa assise sur le plan de Bobath et la kiné lui fit faire des échanges avec un ballon afin de l'obliger à trouver son équilibre et ainsi renforcer ses abdominaux. Puis elle dut s'allonger sur la table et apprendre à retrouver la position assise. Elle se débrouillait bien et en fin de séance, la kiné la rassura, elle fut confiante pour sa future sortie.

La jolie Rousse fut installée, par le professeur de sport, devant le drôle de vélo équipé de deux pédaliers permettant de pédaler aussi bien avec les mains, qu'avec les pieds. Par chance, le système pouvait être automatisé et ainsi, Aline pédala pour renforcer ses bras, pendant que la motorisation faisait tourner le pédalier où ses pieds furent attachés, mobilisant ainsi ses membres inférieurs. Trente minutes plus tard, c'est sur un appareil de musculation adapté qu'elle fit des séries d'exercices pour muscler ses bras et son dos.

Après cette séance de sport intense, Aline se rendit en salle d'ergothérapie où le bel Adam, lui avait prévu une nouvelle épreuve, « cuisiner seule ». Elle fit une tarte aux pommes et pour cela, la jeune femme dut peler les pommes, les couper, réaliser la pâte brisée et une compote. La demoiselle utilisa donc les couteaux, la plaque et le four.

Elle avait l'habitude de cuisiner avec sa maman lorsqu'elle était jeune et sur ses deux jambes, mais là ce fut vraiment différent et heureusement que la cuisine thérapeutique était adaptée aux personnes en fauteuil roulant. Des opérations qui lui auraient pris deux minutes lorsqu'elle était valide, lui semblaient en prendre le double. Elle ne se découragea pas et après un certain temps, la tarte sortie du four fut dégustée par Aline et ses soignants.

Corine se libère avec la psychologue

Dans la semaine qui suivit, alors qu'Aline souhaitait retourner dans sa chambre après des séances intensives de kiné et de sport, elle vit sur la porte une feuille sur laquelle il était inscrit « NE PAS DÉRANGER ! SÉANCE PSYCHOLOGUE EN COURS ». La curiosité de la jeune femme fut plus forte que la raison, elle approcha son oreille de la porte et ne fut pas déçue de ce qu'elle entendit. Corine ne sembla confesser que le plaisir que devait lui donner la praticienne, un chant de jouissance qui attira la belle Rousse. Elle entre-ouvrit la porte et admira sa voisine de chambre qui se servait de l'une de ses mains déplâtrées pour caresser la petite touffe blonde de Géraldine. Un doigt parcourut les nymphes et s'inséra dans le sexe de la psychologue, sûrement pour se lubrifier, car à peine ressorti, il servit à tourner autour du clitoris et, offrir un bel orgasme à sa propriétaire.

La jeune paraplégique se dit que la thérapie par le sexe semblait être également appréciée par Corine, mais qu'en penserait sa femme ? Perdue dans sa réflexion, Aline ne vit pas que la thérapeute s'était rhabillée et qu'elle ouvrait déjà la porte, se retrouvant face à elle. Elle lui dit alors :

- Bonjour Aline ! Je te sens un peu confuse, serait-ce par ce que tu viens de regarder ?

- Oui, je ne savais pas que Corine vous voyait également et que vous aviez mis en place une thérapie particulière.

- Elle m'a fait part de votre plaisir partagé et surtout que vous aviez été surprises par un voyeur non-voyant et que depuis que tu as découvert le gros tuyau du pompier que tu as pompé, tu passes tellement de temps avec lui que le peu de temps que tu es dans cette chambre, c'est pour t'enfermer dans la salle de bain avec ton Womanizer. Ce n'est pas un reproche, tu dois mieux connaître ton futur colocataire et pas que son appendice génital.

- Je vois que les nouvelles vont vite et je suis heureuse pour Corine si elle peut se vider l'esprit en libérant des endorphines ! Pour cela, pas besoin de médicament, même si ça devrait être prescrit par les médecins et remboursé par la Sécurité Sociale. Plus de plaisir et moins de traitements ! Qu'attend le gouvernement ?
- Je suis d'accord avec toi et je profite de te croiser pour te dire que tu as une permission de sortie ce soir. Tu seras sous la surveillance de ta kiné et de ta psychologue, pour évaluer comment tu apprivoises la vie à l'extérieur du centre.
- Je n'ai pas un placard très fourni, alors je ferais de mon mieux pour ne pas trop vous faire honte !
- Il n'y a pas de raison, une jolie fille comme toi est belle même enveloppée dans un sac et, en plus, nous n'allons pas draguer, nous faisons une sortie à but thérapeutique.

Aline remercia la psychologue pour son aide constante, lui dit qu'elle eut hâte d'être à ce soir et elle la quitta pour rentrer dans sa chambre. L'endroit sentait une odeur particulière, le parfum du plaisir des deux femmes.

Une sortie au poil

En fin de journée, Aline, après une douche réparatrice, mit la seule robe présente dans son placard et face au miroir de la salle de bains, se coiffa et se dit que, dans son état, le but ne fut pas de plaire, mais de ne pas attirer les moqueries. Mais en baissant le regard, elle vit que malgré sa rousseur, sa pilosité avait repris sa place sur ses jambes, même si elle n'était pas importante. C'était disgracieux et la jeune femme se sentit honteuse de sortir dans cet état.

Ce fut à cet instant que Laurie et Géraldine firent leur entrée et, en voyant l'air dépité de la demoiselle, elles lui demandèrent ce qui la préoccupait. Aline pointant du doigt ses jambes inertes dit :

- Mon problème est que je n'ai pas vu d'esthéticienne depuis que je suis ici et qu'aujourd'hui, pour sortir avec vous, j'ai mis une robe, mais mes jambes ressemblent à des brosses.
- De jolies brosses sur lesquelles de nombreuses personnes aimeraient se frotter, dit Laurie, mais si tu veux, avant d'aller en ville, nous pouvons nous occuper de te faire un petit rafraîchissement de ta pilosité ?
- Comme dirait un petit Québécois, « j'achète », dit la jeune Rousse avec le sourire.

Les trois femmes se rendirent sur le parking du centre médical et, en s'approchant d'un fourgon, la psychologue dit à Aline :

- Nous allons éviter de prendre ce véhicule qui est le symbole du transport de personne handicapée.
  Le patient rentre par la rampe, est attaché dans le coffre et il est seul derrière tout le monde. Il est un peu à la place de l'animal, attaché comme un cheval dans une bétaillère.

Tu n'as pas besoin de ce système, donc nous prendrons une voiture de service, tu iras en passagère à côté de moi et ton carrosse ira dans le coffre.

Arrivée au véhicule, Aline comprit pourquoi il était si important de muscler le haut de son corps. Avec l'aide de la kiné, elle se servit d'une planche de transfert pour monter dans la voiture, prête à suivre ses deux soignantes.

La psychologue, bien que conduisant prudemment, vit que sa passagère était stressée. Elle tenta de lui parler afin de la rassurer, mais elle semblait encore profondément traumatisée par son accident. Heureusement, le parcours n'avait pas duré longtemps et lorsqu'Aline sortit de la voiture, les deux femmes lui annoncèrent qu'elle fut la bienvenue chez elles. Laurie et Géraldine habitaient un bel appartement avec une seule chambre dans un petit immeuble en périphérie de Grenoble, dans lequel elles invitèrent la jolie Rousse à se mettre sur le canapé afin de se détendre et de se préparer pour leur sortie en ville.

Aline vit arriver l'une des femmes avec des cocktails et la seconde avec un nécessaire d'épilation à la cire chaude. Elles avaient donc l'intention de commencer la soirée par une mise en beauté, cela lui rappelait les soirées entre copines de fac. Les deux hôtesses informèrent Aline :

- Ici, il n'y a ni soignantes, ni Madame, nous sommes trois femmes, trois amies !

Après cette explication, elles trinquèrent ensemble, les verres se vidèrent et Laurie s'approcha des jambes de la jolie Rousse, appliqua de la cire et, après avoir attendu, tira dessus, faisant disparaître une partie du problème, et cela sans douleur. Aline trouva enfin un point positif à son handicap. Les poils des jambes furent vite éradiqués et ce fut au tour de ceux présents sur les cuisses de la demoiselle, mais arrivée au maillot, une question se posait :« Que faire de cette zone ? ». Laurie regarda les deux femmes malicieusement et dit :

- Tu devrais laisser une bande podotactile pour ton futur colocataire !

Après un grand fou rire collectif, Aline décida de ne laisser qu'une fine bande couleur feu ne cachant pas la proéminence de ses nymphes due à l'excitation provoquée par la situation, l'alcool et les mains qui parcouraient son sexe plus que nécessaire au soin. Malgré la douleur qu'elle avait pu ressentir lors de l'épilation de la zone allant de son pubis au haut de ses fesses, la demoiselle trouva un réconfort dans l'application d'une lotion par Géraldine. Un geste qui ne fut pas dénué d'érotisme et la simple caresse laissa rapidement place à un massage plus profond, voire très sexuel. Si ses lèvres intimes et son clitoris étaient stimulés par l'une des mains, l'autre ne restait pas inactive et, après avoir caressé le côté pile de la demoiselle, un doigt inquisiteur tournoya autour de son anus et le pénétra. Cette double stimulation ne déplut pas à Aline, qui eut un orgasme dévastateur.

Après que la kiné eut aidé Aline à se revêtir et à se remettre sur son carrosse, les trois femmes prirent le bus pour se rendre en ville, où le couple avait réservé une table.

Arrivée sur place, Aline fut surprise par le nom de l'endroit, *« LA COUR DES MIRACLES »*. En entrant, elle comprit l'inscription. Ce Pub était équipé de tables réglables électriquement, ce n'était donc pas à la personne en fauteuil de s'adapter, mais au mobilier. Les chaises pivotantes étaient réglables en hauteur. Un concept merveilleux qui était encore plus inclusif, car les musiciens qui se produisaient là étaient tous handicapés.

Le trio s'installa à une table et lorsque la jolie Rousse prit la carte, elle put remarquer que l'établissement aimait les jeux de mots : « *Coquelet amputé de ses pattes, Pieds de cochon, Encornets assourdissants, Membres à picorer...* », même les noms des apéritifs étaient passés à la sauce humour et handicap : « *Le fond de culotte, Whisky Sour(d), Screw Wheeler, Gin (Un)Tonic...* ».

Laurie et Géraldine étant surtout venues afin qu'Aline puisse se réapproprier des sensations de vie en dehors du monde hospitalier, elles ne prirent que des mets à partager et lorsqu'elles commandèrent les cocktails, la psychothérapeute ne put s'empêcher de lâcher une phrase pleine de sous-entendus :

- Je pense, Aline, que tu préféreras rester Virgin même si ton Cul Bas est Libre…. Je voulais dire que tu prendras un Virgin Cuba Libre !

Les deux femmes se mirent à rire en voyant la jeune paraplégique rougir.

Vers vingt-deux heures et alors que le centre de rééducation était fermé et que la plupart des patients étaient endormis, Aline regagna sa chambre. Sous la surveillance de sa kiné, elle se mit au lit et, le regard embué par l'émotion, la demoiselle dit :

- Merci à vous deux pour le formidable moment que nous avons passé. Vous étiez mes soignantes, maintenant, vous êtes mes amies.

La kiné prit Aline dans ses bras, lui fit un gros câlin et avant de quitter la pièce, elle embrassa la jeune femme sur la joue, un baiser si proche de la commissure de ses lèvres qu'Aline ressentit un frisson de désir.

Un nouveau départ

Quelques semaines après la belle soirée avec ses deux nouvelles amies et ayant retrouvé une certaine autonomie, Aline put enfin sortir du centre et reprendre une vie quasi normale. Ses parents l'emmenèrent à l'appartement qu'elle avait décidé de louer avec Christophe et, après avoir stationné leur véhicule au pied de l'immeuble, ses parents lui tendirent des clés et lui dirent en chœur :

- Bienvenue chez toi !

- Vous voulez dire chez Christophe et moi ?

- Non, chez toi ! Christophe sera ton locataire si tu le souhaites toujours. Nous avons acheté l'appartement, annonça le père d'Aline.

- Mais pourquoi avoir acheté, je ne vais peut-être pas rester après mes études ?

- Ma chérie, répondit sa mère, nous n'avons qu'une enfant, nous avons failli te perdre et aujourd'hui, encore plus qu'avant, nous voulons que tu vives dans les meilleures conditions. Nous avons donc acheté pour que nous puissions aménager le lieu comme tu en as besoin.

- Mais avant de rentrer dans ton cocon, j'ai une surprise pour toi, dit joyeusement son père.

Ils prirent l'ascenseur et descendirent au sous-sol. Son père se dirigea vers une grande porte de garage et, en appuyant sur une petite télécommande, celle-ci s'ouvrit, laissant voir un grand garage où était stationnée une petite voiture flambant neuve. Le papa d'Aline expliqua alors :

- J'ai dû négocier avec l'ancien propriétaire du garage et, en échange du garage qui était vendu avec l'appartement, la cave et une coquette somme, il a accepté de le vendre et un ami a installé la motorisation. Ainsi, lorsque tu arriveras avec ta voiture, tu n'auras pas à descendre pour t'occuper de la porte et tu auras de la place pour te déplacer autour de ton véhicule.
- Merci Papa ! dit Aline, Mais je n'ai pas de voiture !
- Et ça, dit son père en ouvrant le véhicule, c'est un vélo ? Voici une citadine hybride avec planche de transfert, cercle accélérateur derrière le volant à cause des commandes sur le volant et frein poussé à droite du volant. J'ai même fait faire une protection spéciale pour mettre tes roues et ton fauteuil à côté de toi.

Aline se mit à pleurer en voyant toutes les dépenses que ses parents avaient faites pour lui assurer d'être convenablement installée et lorsqu'elle entra dans le logement, elle se serait sûrement effondrée si ses jambes n'étaient déjà pas inertes. En effet, les meubles se réglaient électriquement, la domotique était présente partout (lumières, volets roulants, alarme, caméra de sécurité, musique et télévision). Toute la domotique pouvait être commandée par la voix, et ce, grâce aux Google Assistants présents dans les différentes pièces.

Le père d'Aline lui dit alors qu'elle était la propriétaire de ce petit écrin, dans lequel allait vivre le plus beau bijou. Il expliqua également à sa fille qu'il avait fait marcher ses contacts et que la jeune femme pourrait reprendre ses études à la Faculté de médecine. Il lui dit qu'elle avait rendez-vous avec une auto-école spécialisée et que, selon ses aptitudes à maitriser les différentes commandes, elle pourrait passer devant un inspecteur pour faire valider la modification de son permis. Il la rassura, ce n'était qu'une simple formalité !

Pour finir en beauté cette magnifique journée, Aline et ses parents se rendirent dans une boutique proposant des vêtements conçus pour les personnes en fauteuil roulant. La jeune femme fut ravie de voir que, malgré son handicap, elle pouvait se mettre en valeur avec des vêtements révélant sa féminité.

Lorsque ses parents partirent de son nouvel appartement, la jeune femme se dit que sa vie ne fut pas finie et que rien ne fut impossible. Elle devra se battre pour réaliser ses rêves et arriver à ses fins, mais elle trouvera les moyens.

L'arrivée de Christophe

Après une semaine à s'habituer à son nouvel environnement, Aline vit arriver Christophe et sa maman. Ce fut le grand jour, il s'appropria l'appartement, remplissant le placard de sa chambre et découvrant avec joie l'environnement piloté par la domotique.

Marion, la maman de Christophe, paraissait stressée de laisser vivre seul son fils aveugle ou plutôt inquiète que la seule personne à ses côtés, soit une personne en fauteuil roulant. Aline, voyant l'inquiétude de Marion, lui dit franchement :

- Je perçois que vous êtes inquiète de laisser votre fils avec une handicapée. Avez-vous des questions à me poser, pour vous rassurez ?

- Aline, je n'ai rien contre toi ou ton handicap. J'ai juste peur que mon fils ne trouve pas l'aide dont il aurait besoin et, malheureusement, comment ferait-il si tu ne serais pas là ? Dit Marion.

- Maman ! Dit Christophe agacé. Premièrement, je ne suis plus un enfant ! Deuxièmement, je vais reprendre mes études et, sans voiture, il m'est impossible de venir à l'école. Et troisièmement, nous sommes très complémentaires : Aline a une très bonne vue et elle sait me guider, et moi, de mon côté, je lui prête mes membres.

- Je confirme, dit Aline, que votre fils m'a déjà comparée à un chien-guide. Mais Christophe ! Tu ne dois jamais oublier que tu resteras toujours le bébé de ta maman et que son inquiétude est saine. Elle t'aime malgré ton mauvais caractère.

La maman de Christophe rit avec Aline et sembla être rassurée de cette cohabitation non-conventionnelle. La jeune femme finit d'ôter les craintes de Marion, en lui expliquant le système de commande vocale et la possibilité de contacter facilement les secours. Une personne viendra deux fois par semaine pour faire le ménage et, entre temps, un robot nettoiera le sol.

Aline proposa à la maman de rester manger avec eux, car elle avait préparé des lasagnes. Marion accepta et fut surprise de découvrir la fonctionnalité de la cuisine, et encore plus lorsqu'elle goûta le plat. Elle regarda la jeune femme, la félicita pour son repas et, avec malice, lui dit qu'elle risquait de séduire son fils en le prenant par son appétit. Cette réflexion fit rougir Aline, qui n'osa avouer qu'ils avaient déjà débuté une relation au centre de rééducation et qu'elle espérait que celle-ci s'approfondisse maintenant qu'ils furent à l'abri des regards et des préjugés.

Après le succulent repas d'Aline, la maman de Christophe laissa les deux jeunes gens gérer les détails de leur cohabitation et ce n'était pas une mince affaire entre deux personnes ayant deux handicaps bien différents. Une chose était sûre, rien ne devait traîner au sol, pour éviter à Christophe de chuter et à Aline de rester bloquée.

Une douche révélatrice

La semaine se passait bien entre les jeunes gens, Aline prenant des leçons de conduite en ville en vue de son futur examen et Christophe apprenant à se déplacer seul, dans un environnement trop souvent inadapté à son handicap. Un soir, alors qu'il était sous la douche, le jeune homme se mit à insulter la Terre entière, à pester contre sa cécité. Aline se permit alors de frapper à la porte de la salle d'eau pour s'enquérir du problème. Christophe lui dit alors :

- J'ai fait tomber le gel douche et j'aurai besoin que tu rentres pour me le donner. Je n'ai pas fermé, car tu m'as déjà vu nu.

- Je t'ai peut-être déjà vu nu, dit Aline en ramassant le savon, mais encore une fois, je suis surprise par ta canne blanche. Dites donc, Monsieur, vous n'auriez pas fait exprès de faire tomber votre gel douche pour me montrer votre sexe en érection ?

- Non, j'étais en train de me laver lorsqu'une image m'a donné cette érection et, alors que je commençais à vivre ce moment érotique, cette saloperie est tombée de son support. Donc, je te prie d'excuser ma protubérance.

- Je veux bien t'excuser si tu m'expliques ta vision érotique.

- Ça me gêne, mais allons-y, car tu en faisais partie. Ne voyant plus, je me fabrique des images par les sens qu'il me reste et en entendant ta voix dans le salon, mon cerveau t'a installée avec moi dans cette douche. Tu étais nue et mes mains caressaient ton ventre, tes hanches et enfin tes seins. Je t'embrassai sur tout le corps, te flattai le sommet de tes petites montagnes et enfin, j'allais profiter des saveurs de ton fruit défendu... Et là, plus rien, car alors que je me masturbais, le gel est tombé.

- Tu m'imagines comment ? Dit une Aline excitée par le récit et la situation.

- Mon odorat me dit que tu prends soin de toi, mes papilles aiment le goût de tes lèvres et de ton cou, mes mains m'ont permis de découvrir un visage fin comme le reste du corps, une merveilleuse poitrine que j'imagine très pâle, car tu m'as dit que tu es rousse, sur celle-ci j'imagine deux petites fraises prêtes à être dégustées et si j'osais, je dirais que vu ton côté sage, tu dois avoir un sexe couvert d'une pilosité rougeoyante mais parfaitement entretenue. Ai-je juste ?

- Tu m'as pratiquement décrite, mais tu devras patienter pour le savoir. Pour le moment, je vais te laisser finir de rêver et surtout de te laver. Je dois aller passer un appel, prends tout ton temps, je vais dans ma chambre.

Aline se dirigea vers sa chambre, ferma la porte et prit le Womanizer offert par Laurie. Elle se dit alors qu'elle avait eu une bonne idée ce matin de mettre cette jupe, et ainsi, il lui fallait juste écarter son tanga pour satisfaire l'envie que lui avait donné le récit de Christophe, le souvenir de son corps musclé et de son sexe en érection. Il ne lui fallut que peu de temps pour partir sur une autre planète et, pour la première fois, elle eut deux orgasmes en moins de dix minutes. La présence toute proche du jeune homme n'était pas étrangère à ce trop-plein de désir.

La liaison évolue

Les journées étaient chargées pour les deux jeunes. Aline devait partager son temps entre sa rééducation et ses cours de conduite, de son côté Christophe passait ses journées dans un centre pour apprendre le braille. Là-bas, il apprit à reconnaître les textures et la monnaie, à vivre en milieu ordinaire et, le plus important pour lui, à se servir des systèmes informatiques.

Le soir venu, les deux jeunes se retrouvaient souvent soit sur le canapé, soit dans la chambre de l'un d'eux pour se raconter leurs journées, les bons moments et également la crainte, qu'ils avaient tous les deux de l'avenir. Lors de ces moments de partage, Aline s'allongeait et mettait sa tête sur le jeune homme.

Un soir, alors qu'ils furent installés sur le lit d'Aline, Christophe caressant la belle crinière rousse posée sur son ventre, il eut une pensée des plus coquines et la jeune femme vit devant elle, le caleçon de nuit se déformer. Elle toucha la bosse, puis dit avec malice :

- C'est de te parler de ma journée de rééducation, qui te donne un afflux sanguin dans ta canne ?

- Oui et non ! Oui, car je repense à ce formidable moment avec ta copine de chambre, et non, car je t'ai imaginée faire des choses pendant que je te caressais les cheveux.

- Je comprends mieux ton érection, tu m'imaginais faire ça à ton sucre d'orge !

Et sans attendre de réponse, Aline baissa le tissu qui la séparait du phallus du jeune homme et elle fit parcourir sa langue le long des veines, puis en ayant légèrement perdu son équilibre en se tournant sur le lit, sa langue se retrouva sous les testicules, au niveau du périnée et lorsqu'elle sentit le plaisir que cela donna à

Christophe, elle ne put se retenir de chercher comment donner un maximum de jouissance à son partenaire. Aline, bien que néophyte, se servit de sa bouche et de ses mains, en alternant succions et masturbation, léchage du périnée et caresses des bourses. Alors qu'elle tenait le sexe entre ses lèvres, la jolie Rousse sentit que son doigt s'était égaré sur l'anneau du jeune homme et que la salive avait fait une lubrification naturelle. Elle repensa à ses cours d'anatomie et elle fit entrer son doigt dans l'anus et lorsqu'elle pressa la prostate de Christophe, celui-ci, lui éjacula sur la langue.

Aline n'eut pas le temps d'enlever le sperme présent aux commissures de ses lèvres, que son partenaire la retourna sur le dos et l'embrassa fougueusement, partageant ainsi les restes de sa semence. Les mains du jeune homme passèrent sous la nuisette de la demoiselle, s'emparant de ses globes de chairs, les caressant ; et pour mieux profiter du buste de la jeune Rousse, il fit passer le vêtement par-dessus sa tête et le jeta aux pieds du lit.

Christophe, par ses mains et sa bouche, parcourut le corps de l'ingénue à la recherche de ses zones érogènes. Il l'embrassa dans le cou, puis lui mordilla le lobe de l'oreille. Il descendit jusqu'à l'un des seins de la demoiselle, fit parcourir sa langue dessus de façon concentrique, en partant du sillon jusqu'au téton. Aline apprécia l'attention à son plaisir et la douceur du beau Brun. Il lui titilla un téton, tout en caressant l'autre, et à sa grande surprise, elle sentit un plaisir différent l'envahir et elle ne put retenir un petit cri.

Christophe releva la tête et demanda s'il lui avait fait mal avec une dent, ce à quoi la jeune femme n'eut pour réponse que de lui remettre la tête sur son sein. Ce geste encouragea le jeune homme à poursuivre son exploration et après la poitrine, il se dirigea par de petits baisers jusqu'au ventre d'Aline, puis posa ses lèvres sur son pubis et il sentit que sous le tanga, couvait un volcan. Une chaleur et des phéromones lui arrivèrent et il eut une envie de découvrir ce que cachait le tissu.

Christophe mit ses mains sur les hanches de la jeune femme et doucement, il fit descendre le vêtement le long des cuisses d'Aline. La demoiselle n'ayant fait aucune objection, le beau Brun se permit de mettre une main sur le pubis. Il sentit la bande de poil sous ses doigts et la parcourut le long des grandes lèvres de la jolie Rousse jusqu'à sentir les nymphes gonflées et l'humidité qui se dégagea du sexe d'Aline.

Le jeune homme embrassa le mont de sa Vénus, puis les lèvres intimes de la jolie Rousse. Il sortit sa langue et, avec elle, il explora le sexe d'Aline. Il trouva le point sensible de la jeune femme et, après l'avoir largement stimulé avec sa langue, il sentit la jeune femme partir dans un orgasme sonore.

Christophe remonta au niveau du visage d'Aline et, après l'avoir embrassé, la demoiselle prit la parole :

- Merci pour ce formidable moment de plaisir ! Tu m'as fait oublier mon handicap et je me suis sentie désirée. Par contre, je ne me sens pas encore prête à être pénétrée, et surtout par un sexe aussi imposant que le tien.

- Moi aussi, j'ai adoré prendre et te donner du plaisir. Merci de me faire confiance et j'ai une question dont la réponse me fait peur.

- Quelle est ta question ? Dit une Aline soucieuse.

- Je me sens bien avec toi, et pas que sexuellement, alors voudrais-tu être plus que la personne qui partage son logement, mais la femme qui partage son cœur, plus qu'une amie... ma petite amie ?
- Je serais très heureuse de ne plus cacher mes sentiments, car pour moi aussi, tu es plus qu'un ami, tu arrives à me donner des ailes et, si j'osais, je dirais que tu arrives à faire prendre son pied à une paraplégique.

Après avoir ri, Aline s'endormit nue dans les bras musclés de Christophe, le dos contre le torse du jeune homme.

Annette ne vit pas que

le manche de son balai

Le lendemain, Aline sembla avoir retrouvé une partie d'elle, laissée dans l'accident... la CONFIANCE, elle se sentit belle, aimée et désirée par un homme pour lequel elle eut également des sentiments.

Mais où était-il ? Elle s'était endormie contre son corps nu et là, il avait disparu. Elle entendit des bruits venant de la cuisine et après s'être transférée sur son fauteuil, elle alla retrouver l'homme qui avait partagé son lit.

Aline vit alors que Christophe avait mis la table du petit-déjeuner, fait couler le café et elle le vit presser des oranges dans le plus simple appareil. Elle l'apostropha en détaillant bien ses belles fesses musclées :

- Bonjour Bel Apollon en tenue d'Adam !
- Bonjour mon Aphrodite ! Ne voulant pas te réveiller, je n'ai pas cherché mes vêtements et je suis parti nous préparer le premier repas de notre nouvelle vie ensemble.
- Monsieur parle de vie ensemble, dit Aline en s'approchant du jeune homme et en l'embrassant sur le pubis.
- Mais que fais-tu, Coquine ?
- Je suis trop basse pour t'embrasser sur les lèvres, alors j'avais le choix entre ton sexe et ton pubis.
- La seconde solution m'aurait également ravi !
- Si je ne devais pas être en milieu de matinée à l'auto-école pour l'examen avec l'inspecteur afin de modifier mon permis de conduire, j'aurais apprécié parcourir ton anatomie.

- En parlant d'anatomie, tu ne dois pas reprendre bientôt le chemin de la faculté de médecine ?
- Je reprends dans une semaine et j'espère que j'en aurais fini avec l'auto-école.

Christophe, toujours nu, servit la demoiselle et après lui proposa d'aller se préparer pendant qu'il remettait de l'ordre dans la cuisine, avant de prendre sa place dans la salle d'eau.

La jeune Rousse était partie de l'appartement depuis quelques minutes, lorsque le jeune homme entendit la porte d'entrée s'ouvrir, un bruit de pas venir en direction de la salle d'eau. Christophe n'eut pas le temps de sortir de la douche, qu'une femme entra dans la pièce et se mit à crier :

– AH !!!! Mais que faites-vous nu chez Mademoiselle Aline ?

– Bonjour, je suis Christophe, je vis avec Aline et j'aurais apprécié vous rencontrer dans d'autres circonstances.

– OH ! C'est vous l'aveugle qui vit ici, dit-elle en détaillant le sexe du jeune homme.

– Alors oui, je suis bien aveugle, mais avant tout, je suis un être humain. Donc, il est préférable de dire un homme aveugle. Mais auriez-vous l'amabilité de me donner mon peignoir pour me couvrir ? Et je vous invite à m'attendre dans la cuisine.

La femme lui donna son peignoir et partit à regret de la pièce où elle se réjouissait de regarder cet homme nu devant elle.

Un instant après, Christophe arriva dans la cuisine et proposa à l'inconnue de boire un café avec lui, ce qu'elle accepta volontiers.

Et pendant que celui-ci coulait, le jeune homme interrogea l'intruse :

– Vous connaissez mon prénom, mon handicap et même mon anatomie, mais de mon côté, je ne sais de vous qu'un minimum. Vous avez les clés, donc vous devez être la femme qui fait l'entretien de l'appartement. Mais sinon, comment vous appelez-vous ? Et pourriez-vous vous décrire pour que je puisse me faire une image ?

– Je m'appelle Annette. Mère célibataire de trente-deux ans. Je suis une petite brune d'un mètre soixante avec un surpoids dû au temps passé dans ma cuisine plutôt qu'à la salle de sport. J'ai donc des rondeurs un peu partout.

– Je suis peut-être trop indiscret, mais lorsque vous dites que vous êtes mère-célibataire, cela veut-il juste dire que vous êtes séparée du père ?

– Non, cela veut juste dire que le géniteur s'est sauvé lorsqu'il a appris que j'étais enceinte. Lorsque mes parents ont appris ma grossesse, ils m'ont mis à la porte, et donc j'ai dû arrêter mes études à dix-huit ans, pour élever ma fille.

– Le double coup de massue. Et en plus, lorsque vous arrivez chez votre cliente, son copain est nu sous la douche.

Annette et Christophe se mirent à rire et elle reprit la parole :

– Si cela ne vous gêne pas, je préférerais que nous nous tutoyions …

– Pas de problème et désolé de ne pas m'être souvenu que tu devais venir aujourd'hui, je serais parti pour ne pas te déranger.

– Et nous ne nous serions pas connus et je n'aurais pas eu le plaisir de voir pour une fois un beau jeune homme nu !

– Comment ça pour une fois ?

– Oui, il m'arrive régulièrement d'arriver chez des clients et même parfois des couples qui sont nus. Parfois, ils font semblant de se faire surprendre, d'oublier de mettre une culotte sous une jupe ou de faire tomber leur serviette. Mais certains restent nus en ma présence et quelques hommes âgés en érection. Je peux t'assurer que c'est grâce aux pilules bleues, car je retrouve les boîtes dans les poubelles.

– Oh les cochons, je te rassure que moi, j'ai réellement été surpris. Mais pourquoi font-ils ça ?

– Certains pour le côté exhibitionniste, d'autres en espérant que je sois attirée par un corps fripé. J'ai même droit à des demandes : faire le ménage en lingerie ou nue et même faire des actes sexuels avec Monsieur ou Madame, pour quelques billets.

– Et tu as déjà accepté ?

– J'ai besoin d'argent et ils le savent. Alors, souvent, je fais le ménage dans différentes tenues, voire sans, mais je refuse de vendre mon corps, je préfère galérer.

– Je te rassure, je ne te demanderais pas de faire le ménage nue, car je ne pourrais pas savoir si tu as de jolis seins ou un sexe épilé de telle ou telle façon !

Ils se mirent de nouveau à rire et Christophe regagna sa chambre pour s'habiller et laisser Annette faire son travail. Cela lui prit deux bonnes heures de nettoyer l'appartement et de repasser le linge des deux occupants. Elle demanda au jeune homme d'aller dans le salon et finit son nettoyage par sa chambre qui sentait le jeune mâle, une odeur qu'elle avait très rarement sentie ces derniers jours.

Avant de partir, Annette dit à Christophe qu'Aline avait beaucoup de chance de vivre avec un bel homme comme lui et que s'ils avaient besoin d'un petit supplément, elle était disposée à le réaliser et la seule enveloppe à prévoir serait en latex.

Christophe raconte sa rencontre avec Annette

En fin d'après-midi, Aline rentra à l'appartement, le visage rayonnant et avec un sac attaché sur le dossier de son fauteuil. Christophe comprit qu'elle avait réussi son épreuve de conduite, mais se demanda bien pourquoi, elle n'avait pas donné de ses nouvelles bien plus tôt. La demoiselle sembla voir l'interrogation de son compagnon et elle lui dit :

– J'ai passé mon examen ce matin à onze heures, ce fut plus simple que je ne le pensais et dès que j'ai eu les documents, je me suis rendue à la préfecture. Il était midi passé et donc, je suis allée flâner devant les vitrines et je me suis offert un restaurant, un temps de réflexion sur la soirée d'hier, sur notre nouvelle vie ensemble et sur les paroles de Laurie.

– Qu'avait dit ta kiné ?

– Elle m'avait dit que je devais garder une bande de poils pour faire une bande podotactile pour que tu arrives à mon sexe, et également, elle m'avait dit que tu finirais dans mon lit et donc que nous n'utiliserions qu'une chambre.

– D'accord, elle avait mieux vu les choses que nous, du moins que moi !

Les deux jeunes se mirent à rire du détournement de la cécité de Christophe pour faire un trait d'humour. Puis Aline reprit :

– Maintenant que nous avons décidé de nous mettre ensemble, nous pourrions, si tu le veux également, dormir ensemble et nous laisser le temps de nous découvrir.

– Si je le veux ? Mais je serai ravi de pouvoir sentir ton corps près de mon cœur.

Je dois également te raconter ce qui m'est arrivé aujourd'hui, dit le jeune homme avec un sourire.

– Tu as eu un problème ?

– Non ! Après ton départ, je suis allé sous la douche, l'eau coulait lorsque la porte d'entrée s'est ouverte et dans les secondes qui suivaient, une femme est entrée dans la salle d'eau et, en me voyant nu, elle a crié, m'a regardé pendant que j'expliquais qui j'étais.

– Annette ! J'avais oublié qu'elle devait venir aujourd'hui.

– Après qu'elle m'a donné mon peignoir, je lui ai offert un café pour nous présenter, faire enfin connaissance et après, je l'ai laissé faire son travail.

– Elle t'a expliqué qu'elle était une mère célibataire, qui se débrouille seule pour tout ?

– Et bien plus encore !

– Comment ça « bien plus encore » ?

– Elle ne travaille pas que pour des personnes respectueuses. Certaines lui montrent, volontairement ou faussement involontairement, leurs corps nus, femme ou homme, en érection ou non. Des clients lui ont proposé de l'argent pour travailler en lingerie ou nue et même contre des faveurs sexuelles !

– Et elle a déjà accepté ?

– Elle se refuse de vendre son corps, mais elle accepte de faire le ménage en lingerie ou nue, car cela lui rapporte de l'argent net d'impôt.

Mais je l'ai rassuré car étant aveugle, rien ne sert de se dévêtir ici.

- Tu as dû la faire rire avec ta blague ?
- Oui, mais si nous le souhaitons, elle nous propose de venir faire un petit supplément et la seule enveloppe à prévoir sera en latex.
- Oh la coquine ! Elle propose à mon copain de la baiser. Nous jouerons au Bilboquet avant qu'elle puisse espérer nous rejoindre.
- Ne serais-tu pas jalouse ? Tu me fais rêver lorsque tu parles de nos futurs moments de partage sexuel.

Christophe s'approcha de la jeune femme, posa ses mains sur ses épaules, se pencha et embrassa les délicieuses lèvres d'Aline. Pour lui montrer que ce baiser ne la laissait pas de marbre, elle caressa les cuisses du jeune homme puis mit une main sur la braguette de son jean, la baissa, déboutonna le pantalon et le fit tomber au sol. Elle mit ses mains sur les hanches de son compagnon et le caleçon alla rejoindre l'autre vêtement. Le sexe de Christophe, qui avait bondi comme un ressort, fut vite pris en main par Aline qui le parcourut avec ses doigts fins, puis avec la pointe de sa langue. Elle prit ensuite le gland rosé entre ses lèvres tout en masturbant la colonne de chair. Après quelques minutes, tout en faisant coulisser sa bouche sur le pieu du jeune homme, la belle Rousse caressa les testicules et le périnée du beau Brun. Christophe sentant qu'il arriva au point de non-retour, prévint Aline, mais elle continua son agréable fellation. Le corps du jeune homme se raidit et une abondante éjaculation arriva au fond de la gorge et sur la langue de la jeune femme qui, après avoir avalé, dit :

– J'espère que tu auras encore de l'énergie pour ce soir, car j'ai bien envie de découvrir de nouvelles choses !

Christophe ne sut pas ce que souhaitait découvrir Aline, mais une chose fut sûre : il était si sentimentalement et sexuellement connecté à cette femme, que dès qu'il ressentait sa présence, humait son odeur ou entendait sa voix, il se sentait capable d'avoir un sexe aussi raide qu'un obélisque. Il avait donc hâte de rejoindre Aline dans son lit, un lit qu'ils partageaient à présent.

Christophe approfondit sa relation avec Aline

Après un repas léger, durant lequel Aline semblait préoccupée, la jeune femme se rendit dans la salle d'eau. Après s'être sondée et pris une douche, elle enfila sa nuisette en omettant volontairement de mettre son tanga.

Christophe prit la suite d'Aline sous la douche et la rejoignit sur le lit, seulement habillé de son caleçon. La jeune femme se sentit envoûtée par ce bel homme, elle le désirait et dès qu'il s'approcha d'elle, Aline l'attrapa par le cou, le faisant basculer au-dessus d'elle, l'embrassa et caressa son dos. Les mains de la belle Rousse, passèrent sous le caleçon du beau Brun, pour caresser ses fesses musclées.

Les gestes d'Aline entraînèrent la descente du seul vêtement du jeune homme, libérant son sexe en érection. Le gland de Christophe entra en contact avec le pubis de la jeune femme et fut chatouillé par sa petite crinière rousse et humide. La rosée présente sur les poils, combinée à la moiteur à l'entrée du sexe d'Aline, firent que le gland pénétra dans l'antre d'amour de la jeune femme. Les deux amants furent surpris de l'aisance de l'écartement des lèvres et, sans une réelle douleur, elle sentit progresser l'obélisque du jeune homme. Elle venait de perdre sa virginité sans souffrir et après avoir progressé calmement, Christophe fit l'amour à Aline et en une dizaine de minutes, il atteignit, comme elle, l'orgasme.

La jeune femme se rendit compte que ses années d'équitation avaient dû rompre son hymen et c'était pour cela que la progression du sexe de son amant n'avait pas été douloureuse malgré les dimensions de l'organe. Christophe s'allongea à côté d'Aline, elle mit sa tête sur la poitrine du jeune homme et lui dit :

– Merci d'avoir été doux !

– Merci à toi de m'avoir fait confiance ! Mais j'ai une question ?

– Oui, que veux-tu savoir ?

– Tu avais prévu ce qui s'est passé ?

– Je voulais sentir ton sexe contre le mien, le contact m'a électrisée et lorsque ton gland est entré en moi, j'ai capitulé, je me suis laissée porter par mes sensations, j'ai pris un plaisir inconnu et que je pensais impossible après mon accident. Je savais que la partie externe de mon sexe était réactive et je suis heureuse que mon fourreau roux réagisse intensément aux assauts de ton glaive.

– Tu es poétique et j'espère pouvoir t'offrir de nombreux autres orgasmes aussi intenses que la flamme qui brûle pour toi dans mon cœur.

Aline embrassa son amant et s'endormit la tête sur son torse, le corps rempli de nouvelles sensations qu'elle souhaitait retrouver et si possible étudier.

Le retour à la faculté de médecine

Aline se sentait heureuse après la nuit passée dans les bras de l'homme qu'elle aimait et qui lui montrait qu'elle n'était pas qu'un physique, un homme qui utilisait les quatre sens qu'il lui restait pour la découvrir.

Ce matin-là, elle déposa Christophe à son école d'ingénieur et se rendit ensuite à la faculté de médecine, pour enfin reprendre les cours. Elle arriva sur le parking où elle vit une femme d'une quarantaine d'années sortir d'un véhicule de sport garé sur un emplacement réservé aux personnes à mobilité réduite. Aline se permit alors de klaxonner pour faire réagir cette dame. La femme la regarda et, voyant la carte sur son véhicule, lui dit avec un culot indéfinissable :

– Il y a une place à côté, alors pourquoi tu viens m'emmerder !

– Madame, avec tout le respect que je dois aux personnes âgées, vous êtes en tort, alors vous devriez faire profil bas !

– Tu sais ce qu'elle te dit la personne âgée ? Va te faire mettre ! Je reste garée ici !

La femme ferma son véhicule et disparut. Aline, tout en sortant et assemblant son fauteuil roulant, se remémora les propos de cette pimbêche et elle se dit que si celle-ci se faisait baiser par un sexe tel que celui qui l'avait honoré hier, elle serait sûrement plus souriante. Elle soupira en s'installant sur son carrosse et elle prit la direction de l'amphithéâtre dans lequel elle avait cours.

À midi, après des heures assises dans un siège plus confortable que celui des autres étudiants de la faculté, Aline, accompagnée de son amie et ancienne colocataire, mangea au restaurant universitaire. Elle vit au loin un homme la regarder, une personne qu'elle aurait préféré ne plus voir ailleurs que dans un tribunal.

Heureusement, il n'avait pas le droit d'entrer en contact avec elle, cela la rassura grandement.

En fin de journée, Aline reprit sa petite voiture pour retrouver le beau Brun qui partageait sa vie. Arrivée à l'appartement alors qu'elle racontait sa journée à Christophe, la sonnette de la porte d'entrée se fit entendre et le jeune homme ouvrit. Un homme qui lui sembla énervé lui dit alors :

– Aline n'est pas là ?

– Bonjour ! Qui êtes-vous ?

– Qu'est-ce que ça peut te faire ?

– Je partage cet appartement et sa vie !

– Tu partages sa vie et, à ce que je vois, tu es aveugle ! Tu es donc également un handicapé !

– Monsieur, si vous ne voulez pas vous présenter, vous pouvez partir !

– Et si je ne veux pas, il va faire quoi Gilbert Montagné ? Dit l'homme en prenant Christophe par le col.

Christophe fit une clé de bras à l'homme l'ayant rabaissé et le mit au sol avant de l'immobiliser. Il appela Aline afin qu'elle puisse identifier l'individu et lorsque celui-ci vit la jeune femme, il cria :

– Te voilà Salope !

– Paul ! Mais que fais-tu ici ? Tu m'as suivie ?

– Tu as raconté de la merde à la police ! Je ne t'ai pas violée, tu m'as juste sucée et, en plus, ce n'était pas terrible !

– Si tu ne veux pas perdre des dents en mordant le tapis, dit Christophe, tu as intérêt à respecter ma compagne !

– Seul un aveugle peut vivre avec une demi-femme !

– Je ne suis pas une demi-femme, dit Aline d'un ton colérique, par contre, vu la taille de ton sexe face à celui de Christophe, tu es sûrement un demi-homme !

Aline demanda à Christophe de maintenir Paul, le temps que les policiers arrivèrent sur place pour constater qu'il ne respectait pas ses obligations judiciaires.

Un équipage de police arriva rapidement sur les lieux et après s'être renseigné auprès de leur service, les agents de police mirent les menottes à l'énergumène qui était sur le paillasson de l'entrée et l'emmenèrent avec eux.

Aline demanda alors à Christophe comment il avait fait pour réussir à maîtriser aussi facilement cet abruti. Il expliqua que des années d'art martiaux en tous genres et surtout du Krav Maga[9], lui avaient permis de mettre aisément cet opportun au sol et cela avait été encore plus simple, car celui-ci le sous-estimait par rapport à sa cécité.

Les amoureux se promirent de faire installer une sonnette avec caméra et micro intégré afin de pouvoir voir et dialoguer avec la personne derrière la porte. Ils se rendirent compte que seuls, ils

---

[9] Krav Maga :« *combat avec contact* » est un art martiale originaire d'Israël, qui se base sur des techniques d'autodéfense et de contre-attaque.

étaient vulnérables et incapables d'assurer leur sécurité. Ils devraient trouver des solutions pour combler leurs lacunes et, si elles n'existaient pas, ils devraient les inventer.

___Premier procès___

Un an après l'accident, Aline fut convoquée par le Tribunal Correctionnel afin de participer au procès de Paul, pour avoir commis un accident sous l'emprise de stupéfiants, en excès de vitesse et ayant fait une victime dont l'interruption temporaire de travail avait été supérieure à huit jours. Les parents d'Aline et Christophe accompagnèrent la jeune femme jusque dans la salle d'audience où l'attendaient Laurie et Géraldine-Marie.

Maître LEROM demanda à s'entretenir avec sa cliente dans le couloir et, pendant qu'ils discutaient du déroulement de l'audience, Aline vit arriver Paul entre deux agents de la pénitentiaire. Il la regarda avec haine et disparut derrière une porte où des gendarmes étaient présents. Voilà pourquoi elle ne l'avait plus revu sur le campus depuis son horrible visite à son domicile…

De retour dans la salle d'audience, Paul, encadré de deux gendarmes, ne regarda pas les personnes présentes. Aline vit une femme entrer par la porte de derrière le grand bureau en bois et appuyer sur un interrupteur, une sonnerie retentit, deux autres femmes et deux hommes entrèrent également. L'audience fut présidée par une femme, assistée de deux hommes. La Procureure était assise à côté d'Aline et la greffière, en face d'elle.

La juge demanda à Paul de décliner son identité, sa date et ville de naissance, son adresse et sa profession. Il dit alors en se levant :

- Paul HUXE, sept décembre mille-neuf-cent-quatre-vingt-dix-huit, je réside à la maison d'arrêt de Grenoble-Varces et j'étais étudiant en médecine.

- Vous avez compris pourquoi vous êtes incarcéré ? demanda la juge.

- Parce que je n'ai pas respecté certaines obligations de mon contrôle judiciaire.
- Bien, expliquez-moi comment s'est passé l'accident qui vous a amené devant moi ?
- Nous étions, ma copine et moi, dans ma voiture neuve en direction de Grenoble et dans un virage, j'ai perdu le contrôle et après plusieurs tonneaux, ma passagère est restée bloquée et les pompiers l'ont désincarcérée et j'ai appris qu'elle est handicapée depuis.
- Monsieur HUXE, vous avez été dépisté positif au tétrahydrocannabinol et à la cocaïne. De plus, vous rouliez à une vitesse excessive.
- Je reconnais la prise de stupéfiants, mais je ne roulais pas si vite, je respectais la limitation !
- Monsieur HUXE, votre véhicule a été produit après juillet deux mille vingt et un ?
- En effet, c'était un coupé Sport de deux mille vingt-deux.
- Voilà pourquoi l'I.R.C.G.N.[10] a pu confirmer que vous rouliez à plus de quarante kilomètres par heure au-dessus de la limitation de vitesse. De plus, lors de l'accident, le compteur s'est bloqué.
  Sinon, avez-vous été au C.H.U de Grenoble pour intimider Mademoiselle Aline MARCHAND ?
- Je suis passé la voir, mais je ne l'ai pas intimidée !

---

[10] I.R.C.G.N : Institut de Recherche Criminelle de la Gendarmerie Nationale

- Pourtant, Monsieur HUXE, j'ai devant moi deux attestations faites par deux soignantes, qui vous accusent de vous être rendu dans la chambre de Mademoiselle MARCHAND et de l'avoir insultée. Vous lui auriez demandé de « *retirer sa plainte, car cela allait compromettre votre carrière* », vous avez également tenu d'autres propos extrêmement injurieux et vous vous en êtes pris aux soignantes qui vous ont invité à quitter les locaux de l'hôpital. Qu'avez-vous à dire à propos de ces témoignages ?

- Ces femmes disent n'importe quoi ! Elles n'étaient pas dans la chambre.

- Monsieur HUXE, d'après ces personnes, vous hurliez et tout le service pouvait vous entendre. Je suis donc perplexe sur leur éventuel mensonge.
  Maître LEROM, en tant qu'avocat de la victime, voulez-vous interroger Monsieur HUXE ?

- Merci, Madame la Présidente ! Monsieur HUXE, vous ne semblez pas prendre conscience de ce que vous avez fait et des conséquences de vos actes !
  Ma cliente était passagère de votre véhicule, vous étiez donc responsable d'une personne ! Vous aviez pris des stupéfiants ! Vous rouliez à plus de quarante kilomètres par heure au-dessus de la vitesse maximale autorisée ! Immédiatement après le choc, vous étiez plus dévasté par les dommages sur votre véhicule que pour l'état de votre passagère coincée dans votre voiture ! Le pompon a été votre esclandre à l'hôpital. Ah non, j'allais oublier que vous avez suivi ma cliente jusqu'à son domicile et cela vous vaut cette détention provisoire !

Ma question est simple. Monsieur HUXE, arriveriez-vous à regarder ma cliente et ses parents et à dire que vous n'êtes pas responsable de son état physique actuel ?

- Aline, dit Paul en regardant sa victime. Je ne voulais pas que tu sois handicapée, mais c'est un accident !
- Monsieur HUXE, dit Maître LEROM, cet accident résulte de plusieurs facteurs : stupéfiants, vitesse excessive et non prise en compte des dangers potentiels.
  Madame la Présidente ! Je n'ai plus de question.
- Mademoiselle MARCHAND, voulez-vous vous exprimer ?
- Madame la Présidente, dit Aline, l'accident s'est produit en rentrant de chez mes parents et cet homme était mon petit-ami. Comme je me suis refusée à lui, il m'a fait subir un acte sexuel et à la suite de celui-ci, il a redémarré, il a roulé très vite et brusquement. Je me suis réveillée au C.H.U. de Grenoble, où les médecins m'ont appris ma paraplégie.
  Monsieur HUXE n'a pas pris de mes nouvelles et la seule fois où il est venu, c'était pour me dire de retirer ma plainte pour ne pas briser sa carrière.
- Mademoiselle MARCHAND, demanda la Présidente, que faisiez-vous comme étude avant l'accident ?
- J'étais en cinquième année de médecine à la faculté de Grenoble et je souhaitais devenir chirurgienne.
- Et maintenant ?
- J'ai repris mon cursus, mais mon avenir de chirurgienne s'est brisé en même temps que ma colonne vertébrale !

- Merci, Mademoiselle MARCHAND ! Madame la Procureure, quelles sont vos réquisitions ?

- Madame la Présidente, Monsieur HUXE est responsable d'un accident avec deux circonstances aggravantes, les stupéfiants et la vitesse. Cet accident a fait une victime, Mademoiselle MARCHAND, et a dégradé le bien public.
Monsieur HUXE a pour le moment, un casier judiciaire vierge. C'est pourquoi je vous demande, Madame la Présidente, de condamner Monsieur HUXE à une peine de prison de quatre ans dont la moitié avec sursis, à une obligation de soins et à une amende de cinq mille euros.

- Merci Madame la Procureure, avant d'écouter l'avocat de la défense, Maître LEROM, avez-vous des réclamations ?

- Merci Madame la Présidente ! Je vous demande de reconnaître ma cliente comme partie civile et en cela de lui accorder une indemnité provisoire de vingt mille euros et de condamner la partie adverse selon l'article 700[11] à mille euros.

La Présidente, après avoir écouté la plaidoirie de l'avocat de la défense et s'être retirée avec l'ensemble de la Cour, après une délibération de plus d'une heure pour étudier de nombreux dossiers, revint pour donner son jugement. Lorsque Aline, Paul et

---

[11] Le juge condamne la partie tenue aux dépens ou qui perd son procès à payer à l'autre partie la somme qu'il détermine, au titre des frais exposés et non compris dans les dépens et, le cas échéant, à l'avocat du bénéficiaire de l'aide juridictionnelle partielle ou totale une somme au titre des honoraires et frais, non compris dans les dépens, que le bénéficiaire de l'aide aurait exposés s'il n'avait pas eu cette aide.

leurs conseils respectifs furent appelés, la Présidente demanda à tous de se lever et Paul apprit la sentence :

– Monsieur HUXE, vous êtes condamné à quatre ans de prison, dont deux fermes avec mandat de dépôt immédiat, cinq mille euros d'amende qui peut être réduite de vingt pour cent si vous payez dans les quinze jours. Le tribunal vous condamne également à payer huit cent euros au titre de l'article 700 et à verser vingt mille euros de provision à Mademoiselle MARCHAND que nous reconnaissons comme partie civile ainsi qu'à la CPAM de l'Isère.
Monsieur HUXE, le volet civil sera jugé dans un jugement que nous renvoyons dans six mois.

Paul livide, sortit entouré des gendarmes et accompagné par son avocat. Maître LEROM serra la main d'Aline, qui le remercia, puis ils rejoignirent les personnes qui avaient accompagné la jeune femme. Le père d'Aline trouva la peine bien clémente, mais l'avocat lui rappela qu'un primo-délinquant était rarement condamné à une telle sanction. L'avocat devant plaider pour une autre affaire quitta le groupe.

La fin de matinée étant arrivée, le père d'Aline invita au restaurant les personnes venues soutenir sa fille. Il se retira dans un coin de la salle avec Christophe pour s'entretenir avec lui :

– Christophe, lorsque ma fille m'a dit qu'elle allait vivre en colocation avec un homme, j'étais inquiet, et encore un peu plus lorsqu'elle m'a informé de ton handicap.

– Je vous comprends, car ma maman a eu la même réaction.

– C'est une réaction de parent protecteur ou surprotecteur, c'est à vous de voir. Par contre, je tiens à m'excuser.

– Pourquoi vous excuser ?

– Mes craintes se sont révélées être complètement erronées, car tu as su redonner le sourire à ma fille et que vous avez repris vos activités étudiantes et amicales.

– Monsieur, je vous remercie de votre franchise et je dois également vous parler à cœur ouvert, car je ne peux pas vous parler les yeux dans les yeux. Je me sens bien avec Aline, nous nous complétons bien et je ne souhaite qu'une chose, son bonheur. Monsieur, j'aime votre fille et j'espère que vous ne verrez pas d'inconvénient à cette union. Je sais qu'un père espère mieux pour son enfant qu'un homme aveugle.

– Christophe, je ne vois aucun problème à ce que ma fille soit en couple avec toi, bien au contraire. Je préfère un homme aveugle qui la respecte qu'un homme non-handicapé qui la maltraite.

– Merci Monsieur, et j'espère que nous deviendrons proches.

Les deux hommes se serrèrent la main et retournèrent à table avec les quatre femmes qui étaient en pleine discussion sur l'avenir d'Aline. La jeune femme souhaitait étudier plus intensément la sexualité des femmes handicapées et leurs besoins de découvrir leur corps. Laurie et Géraldine-Marie lui promirent de l'aider dans ses recherches, en la mettant en relation avec différentes femmes en situation de handicap.

Le repas bistronomique fut un régal et la convivialité des convives permit d'apaiser les tensions de la matinée au tribunal.

Un Spa sympa

Après le repas, les parents d'Aline laissèrent les quatre amis partir au Spa pour se détendre et prendre soin d'eux.

Laurie dirigea le groupe vers un établissement dont les visuels sur les façades ne laissaient aucun doute sur la nature du lieu et des prestations offertes en son sein.

Dès l'entrée, il était indiqué que le sauna n'était pas mixte et donc, Christophe ne pouvait pas suivre les femmes. Aline expliqua la cécité du jeune homme et, de ce fait, il ne représentait pas un risque de voyeurisme. La dirigeante demanda aux deux autres femmes si la nudité de Christophe ne les dérangeait pas et si elles étaient d'accord, le sauna serait donc privatisé pour eux. Elles allèrent profiter avec le jeune homme du lieu dans le plus simple appareil.

Une femme mince qui devait avoir la cinquantaine et habillée d'une blouse descendant juste au-dessus des genoux, les emmena vers les vestiaires. Un endroit très sobrement aménagé et ne disposant que de bancs, de casiers et avec des miroirs. Aline, en se déshabillant, regarda le corps de Géraldine-Marie, alors que les deux autres femmes furent impressionnées par le sexe de Christophe. La praticienne restée auprès du groupe, ne se priva pas de regarder leurs corps nus et, après un instant, proposa de la suivre vers le sauna et les informa qu'elle viendra dans une heure pour diriger deux d'entre eux vers le jacuzzi, pendant que les deux autres se feront masser par sa collègue et elle-même.

Aline, aidée par Christophe et Laurie, s'installa sur le banc inférieur, la kiné resta à ses pieds et les deux autres prirent place sur le banc supérieur. Laurie massa les jambes d'Aline jusqu'à son mont de Vénus, la jeune femme sembla apprécier. Géraldine-

Marie voyant la scène, fit parcourir une main sur ses seins et l'autre sur son sexe.

Aline vit le sexe de son amant pendre devant ses yeux et elle l'embrassa, le lécha et le fit grandir dans sa bouche en lui faisant une fellation dont elle commençait à être spécialiste. Laurie se leva, demanda la permission à Aline de la remplacer et, avec l'accord des deux amants, elle suça le vit du beau Brun. Géraldine-Marie descendit de son perchoir et s'installa tête-bêche sur Aline et les deux femmes s'embrassèrent sur les lèvres intimes, leurs langues parcoururent leurs sexes, se concentrant sur leurs clitoris pendant que leurs doigts parcouraient les sexes, les périnées et les faces cachées de leurs lunes.

La praticienne arriva juste à temps pour voir à travers la vitre de la porte Laurie recevoir dans sa bouche l'éjaculation de Christophe et la partager dans un baiser passionné avec les deux autres femmes. La femme ouvrit la porte et invita les occupants du sauna à la suivre vers le jacuzzi, où elle proposa à deux personnes de venir avec elle pour le massage. Laurie offrit d'accompagner Aline pour pouvoir l'aider à s'allonger sur la table, cette solution parut à tous être une bonne idée.

Les deux femmes arrivèrent dans une pièce apaisante par son odeur florale, sa faible luminosité et ses couleurs douces, où elles virent une seconde praticienne, une jeune blonde pulpeuse. La praticienne qui les accompagnait prit la parole et se présenta :

- Je m'appelle Sabine, je suis masseuse depuis vingt-cinq ans. J'ai pu découvrir mon métier dans différents pays et de nombreuses façons de le réaliser. Ma jeune collègue se prénomme Jane et, comme vous pouvez vous en douter, elle n'a pas mon expérience, mais je vous promets qu'elle sait se servir de ses mains. Nous vous proposons notre spécialité, un massage intégral. Si cela vous convient, je vais m'occuper de la demoiselle en fauteuil et vous, Mademoiselle, je vous propose de vous faire masser par Jane. Allongez-vous à plat ventre sur les tables et commençons !

Laurie aida Aline à s'installer nue sur la table, lui mit une serviette sur ses belles fesses aussi pâles que le reste de son corps, puis s'installa sur la seconde table et peina à couvrir son postérieur. Les praticiennes s'approchèrent des deux femmes, firent couler de l'huile chaude au creux des dos nus, les mains parcoururent leurs colonnes vertébrales de bas en haut et bientôt, Aline sentit des tétons sur son épaule, elle tourna la tête et découvrit que Sabine était nue, tout comme sa collègue qu'elle ne vit que de dos. La praticienne, après un agréable massage de son dos, massa ses jambes inertes des pieds jusqu'à ses fesses, puis les doigts s'insinuèrent autour de son anus et le caressèrent. Aline commençait à apprécier lorsque les praticiennes demandèrent aux deux clientes de se mettre sur le dos pour pouvoir masser le côté face.

Après avoir été aidée par Laurie, Sabine s'approcha nue et versa un filet d'huile des pieds de la jeune Rousse, jusqu'au-dessus de sa poitrine. Les doigts descendirent des épaules, passèrent sur les côtes de la demoiselle et palpèrent son ventre. Pendant ce temps, les seins de la praticienne se balançaient devant les yeux d'Aline et l'un d'eux arriva en contact avec les lèvres de la jeune femme, qui les ouvrit, sortit sa langue, lécha et suça le téton qui se gorgea de sang et durcit. La praticienne s'empara des globes mammaires de sa cliente, les flatta et étira les tétons. Aline commençait à sentir le plaisir monter en elle lorsque Sabine abandonna sa poitrine pour se mettre à ses pieds. Cela faisait deux fois que la masseuse l'abandonnait aux portes de l'extase et elle n'osa pas clamer sa frustration.

Les mains de Sabine remontèrent le long des fines jambes paralysées, écartèrent celles-ci et massèrent l'intérieur des cuisses. La praticienne commença par caresser les grandes lèvres d'Aline, excitant la jeune femme et faisant affluer du sang dans ses petites lèvres, les faisant se développer. Un doigt se mit sur le clitoris d'Aline, la lubrification naturelle de son vagin permit le passage d'un doigt puis d'un second, qui se crochetèrent vers le haut de son sexe et la double stimulation externe et interne du con d'Aline la fit partir dans un fabuleux orgasme.

Lorsqu'Aline reprit ses esprits, elle vit que Laurie ne subissait pas seulement la double stimulation, mais également une excitation de ses seins par les mains de Sabine. La kiné avait droit à un massage sensuel et sexuel à quatre mains. Elle feula son plaisir et cria son orgasme.

Le moment érotique étant terminé, les deux femmes furent invitées à céder la place à Christophe et Géraldine-Marie. Aline se dit en voyant le visage de son amant et de son amie que l'eau devait être chaude dans le jacuzzi, car leurs joues étaient empourprées. Quand elle entra dedans, elle se rendit compte que la température n'était pas assez élevée pour donner des sueurs. Elle se dit qu'elle éluderait cette énigme un peu plus tard, lorsqu'elle serait en tête à tête avec son compagnon.

Le massage terminé, Christophe et Géraldine-Marie rejoignirent leurs conjointes respectives, les sourires et le sexe du jeune homme un peu enflé laissaient à penser qu'ils avaient eu droit à la même prestation de massage que Laurie et Aline. Les quatre amis se rhabillèrent et reprirent la direction de l'appartement du jeune couple.

Le Quatuor partage ses secrets avec Annette

Le dîner ayant été bien arrosé, Aline proposa aux deux femmes de dormir dans l'ancienne chambre de Christophe et la surprise fut encore pour Annette lorsqu'elle arriva le matin pour travailler chez le jeune couple.

Annette savait que depuis quelques semaines, seule la chambre d'Aline était utilisée et elle avait pris l'habitude de se changer dans la seconde chambre. Ce matin-là, en entrant dans la pièce, elle commença machinalement à se dévêtir lorsqu'elle entendit une voix féminine l'interpeller :

- Bonjour !

- AH ! Mais qui êtes-vous ?

- Je m'appelle Géraldine-Marie et je vous présente Laurie, dit-elle en enlevant la couette.

- Mais vous êtes nues !

- Vous aussi, mais ne vous en faites pas pour nous, nous apprécions la vision des beaux petits culs !

Annette rougit, mit sa tenue de travail et partit à ses occupations, suivie des deux femmes qui retrouvèrent le jeune couple dans la cuisine au petit-déjeuner. Aline proposa à Annette de se joindre à eux pour prendre un café, puis interpella Géraldine-Marie :

- Dis-moi, elle est bonne la queue de mon mec ?

- Pardon ?

- Christophe m'a expliqué les caresses, la fellation et enfin la pénétration qui s'est terminée par une éjaculation interne. Tu ne m'avais pas dit que tu es exclusivement lesbienne ?
- Je ne suis vraiment pas attirée par les hommes...
- Alors pourquoi avoir couché avec mon homme ?
- J'ai honte, mais je vais vous expliquer pourquoi. Nous désirons avoir un bébé, je souhaite le porter, mais nous voulions connaître le géniteur, alors j'ai profité de la semence de Christophe !
- D'accord donc, si ça fonctionne, vous allez élever un enfant avec les gênes de mon chéri. Je ne vous en veux pas et j'espère que Christophe sera aussi ouvert d'esprit que moi.
- Je ne vous en veux pas non-plus, et si un jour cet enfant souhaite connaître ses origines, dit Christophe, je serai là.

Annette fut estomaquée qu'Aline n'était pas folle de rage d'apprendre que son compagnon avait couché avec une autre femme, une amie, et en plus que ce rapport avait été non-protégé. Elle ne comprenait pas que la jeune femme n'était pas triste d'apprendre que cette amie avait fait ça dans le but d'essayer d'être enceinte, et elle était encore plus surprise lorsqu'Aline dit :

- Si Christophe est d'accord et si la fécondation n'a pas fonctionné, vous pourrez recommencer.

Géraldine-Marie était heureuse que son amie et son compagnon étaient si altruistes, qu'ils aient compris ce désir d'une grossesse et d'une maternité partagée avec Laurie.

Aline voyant l'interrogation sur le visage d'Annette, lui expliqua pourquoi elle ne voyait aucun inconvénient à accepter que Christophe ait eu une relation sexuelle avec Géraldine-Marie :

- Elle ne désire pas Christophe, elle vient juste chercher des gamètes pour féconder son ovule ! C'est de la génétique. Les centres d'assistance médicale à la procréation ne permettent pas de connaître le géniteur et c'est parfois difficile pour un couple de femmes d'avoir un enfant, et donc la méthode naturelle est parfois plus simple.
- Tu es un ange, tu ne vois que le côté « *aide à des amies* » et tu oublies le côté « *ils ont baisé ensemble* ». Si vous êtes tous d'accord, personne n'a le droit de vous juger.
- Tu as raison, toi, tu coucherais bien avec mon chéri ?
- Euh ! Je lui ai bien proposé de faire des galipettes, mais de faire cela tous les trois.
- Je prends note de cette agréable proposition et je dois te dire qu'avant l'accident, je me pensais insensible aux charmes féminins et que mon séjour au centre de rééducation m'a fait découvrir les corps de ses deux femmes que tu as aperçues nues.
- OK, tu es donc bisexuelle ?
- Oui et non, j'aime le sexe avec les deux mais mon amour ne se porte que vers les hommes. Disons que je suis une hétérosexuelle curieuse sexuellement !

Annette regarda ces quatre personnes et les imagina dans une orgie sexuelle à laquelle elle serait heureuse de participer. Elle aimerait sentir des mains parcourir son corps, une bouche sur ses seins et son sexe, des doigts ou un sexe dans son con. Elle n'était pas qu'une mère, mais elle était également une femme.

Aline vit dans l'attitude d'Annette qu'elle fut en train de rêver, alors la jolie Rousse posa une main sur la cuisse de son employée et la caressa. Annette sentit des frissons le long de sa colonne, son sexe réagit et sa culotte s'humidifia par la vasocongestion de son vagin. Les deux femmes s'embrassèrent, puis Aline dut interrompre ce moment de tendresse pour qu'Annette puisse faire son travail et permettre à ses invitées, à Christophe et à elle de se préparer pour leurs activités respectives. Mais elle promit à Annette de l'inviter pour une soirée sexe avec ou sans les deux autres femmes.

Tout le monde sortit de l'appartement, en laissant Annette à son travail d'entretien de ce lieu d'amour et de luxure.

La lettre qui peut changer la vie de Christophe

Christophe reçut une lettre lui annonçant qu'il était admis pour faire un stage d'élève ingénieur dans une des plus florissantes entreprises dans le domaine de la robotique et de l'intelligence artificielle. Une start-up de Crolles travaillant pour intégrer de l'intelligence artificielle sur la base des robots de Boston Dynamics, proposa au jeune homme d'intégrer ses équipes pendant six mois.

Il demanda à Aline de relire le courrier pour être certain de ne pas avoir mal compris. Sa compagne lui assura que, selon le document, il sera bel et bien stagiaire dans cette belle entreprise. Elle vit alors le visage du jeune homme s'assombrir et, comme elle ne comprit pas cette réaction, elle l'interrogea :

- Pourquoi sembles-tu embêté d'avoir ce stage ?

- Parce que pour mettre en place un projet, travailler à sa réalisation et le présenter pour mon mémoire, je devrais faire de nombreuses heures.

- Et alors, ce n'est pas grave !

- Contrairement à toi, je suis astreint aux transports en commun et si je souhaite arriver très tôt et partir tard, je serais obligé d'utiliser les services de chauffeurs privés.

- Si tu veux faire ce stage, nous trouverons les moyens de te rendre à celui-ci.

- Comment ?

- Nous avons reçu chacun une provision sur nos indemnisations et celles-ci seront définies et jugées dans les mois qui viennent.

De plus, j'ai un peu d'argent que je souhaite miser sur ton avenir.
- Que dois-je faire pour t'assurer que je te rende cette somme ?
- J'ai énormément d'idées, mais la plupart sont trop coquines, des fantasmes que je souhaiterais réaliser.
- Lesquels ?
- Une partie de sexe avec une femme, mais tu ne pourrais qu'écouter, ou une autre fois avec trois femmes et toi.
- Tu repenses à nos amies et à Annette ?
- Tu n'aimerais pas découvrir les corps de Laurie et d'Annette ?
- Je serais malhonnête de dire le contraire et j'espère en être capable, il faudrait peut-être inviter un autre homme ce jour-là !
- Non ! Tu es le seul mâle admis à me faire l'amour et à baiser ici !
- Bien Mademoiselle ! Mais comment allons-nous nous organiser pour le stage ? Il doit commencer dans un mois et tu ne pourras pas forcément être disponible avec tes cours, tes obligations de futur docteur et tes soins ?
- Attends-moi dans le salon, je reviens !

Aline s'enferma dans leur chambre et après dix minutes, elle refit son apparition en disant à Christophe :
- Mon chéri, j'ai résolu ton problème de déplacement !

- Laurie et Géraldine-Marie, vont venir habiter avec nous, l'appartement est assez vaste pour nous quatre et Annette se propose de venir lorsque nous ne pourrons pas te conduire !
- Ouah ! Je suis un homme chanceux, quatre femmes pour moi !
- Attention ! Pas de débordement, dit Aline avec une voix faussement sévère. Rigole bien, mais n'oublie pas qu'ici, nous serons trois contre un. Demain, nous irons voir où se trouve l'entreprise, tu pourras te présenter et peut-être trouver tes repères.

Le jeune homme, ayant un poids en moins sur les épaules, prépara son ordinateur et les accessoires lui permettant de compenser son handicap. Il souhaitait ainsi montrer qu'il ne sera pas une contrainte pour l'entreprise.

La découverte de Christophe

Aline accompagna Christophe sur le lieu de son stage. La start-up n'utilisait seulement qu'un étage d'une tour vitrée heureusement accessible à tous, ainsi le couple put monter jusqu'au troisième étage.

Lorsque la porte de l'ascenseur s'ouvrit, ils virent de suite que Christophe allait rencontrer un monde où le secret était primordial. Un agent de sécurité demanda au jeune homme de lui présenter une pièce d'identité, sa convocation de stage et, après lui avoir demandé de laisser son téléphone dans un coffre, l'agent appela un responsable qui vint chercher le jeune homme, laissant Aline seule dans le hall.

Christophe fut emmené dans un bureau qui sentait l'étain et le chaud, il en déduit que l'effluve parvenait d'une soudure sur un circuit imprimé et lorsque le responsable émit une crainte sur la compatibilité du service et le handicap du jeune homme, celui-ci lui dit :

- Avant mon arrivée, vous étiez en train d'effectuer une soudure sur un circuit imprimé !

- En effet, vous utilisez bien vos sens pour évaluer votre espace. Mais lorsque nous avions reçu votre dossier, vous n'aviez pas perdu la vue. Comment allez-vous pouvoir réaliser un projet pouvant apporter une plus-value à notre entreprise et permettant de valider votre diplôme ?

- Avant mon accident, j'avais la vue, mais je n'avais pas la vision d'une ville non-accessible à tous, et depuis quelques jours, j'ai des idées pour améliorer la vie des personnes handicapées. Vous adaptez bien les robots de Boston

Dynamics ? Je vous propose de l'adapter pour qu'il soit un élément indispensable aux personnes handicapées.

- Vous m'intéressez ! Expliquez-moi votre projet, dit le responsable qui sembla moins fermé qu'au début de l'entretien.

- Une personne mal ou non-voyante a besoin d'être guidée dans la vie quotidienne. Un chien guide peut retrouver un parcours habituel, mais il serait incapable de lire un panneau, de prendre en compte une zone de travaux ou encore de connaître le parcours le plus adapté à une personne selon son état physique. Un chien doit faire ses besoins plusieurs fois par jour et même lorsque le temps n'est pas agréable. De plus, si les températures sont trop élevées, le bitume est un danger pour les coussinets des chiens. Je compte donc adjoindre une intelligence artificielle à un robot Spot de Boston Dynamics, des caméras et un GPS, j'obtiendrai ainsi un chien-guide capable de palier pleinement aux besoins des personnes dans ma situation. Pour cela, je compte me rendre dans un centre de formation de chiens-guides afin de savoir ce qui est demandé aux chiens.

- D'accord, mais l'autonomie d'un tel produit n'est pas forcément adaptée à votre projet. Avez-vous pensé à ce problème ?

- Je souhaiterai utiliser des éléments photovoltaïques souples et donc adaptés et adaptables. Le système disposera également de deux autres moyens de recharge, permettant à l'utilisateur de le brancher sur une prise monophasée lorsqu'il arriverait dans un lieu. Chez lui et s'il n'a pas besoin de son chien, celui-ci ira seul sur sa base de rechargement par induction.

- Vous avez tout réfléchi ! Je vous attends donc d'ici lundi matin et vous m'établirez un dossier complet pour que nous allions voir les financiers !

Christophe ressortit dans le couloir, récupéra son téléphone et redescendit jusqu'à la voiture avec Aline qui, après s'être installée derrière le volant, lui demanda :

- Alors ce rendez-vous, comment ça s'est passé ?
- Bien, même très bien, mais dans mon métier, le secret est primordial.
- Je ne souhaite pas te mettre dans l'embarras et dans le monde médical aussi, nous sommes tenus au secret. Nous avons et nous aurons plein d'autres sujets à partager.

Les amoureux reprirent la route en direction de leur appartement où une surprise les attendait.

La Surprise

En ouvrant la porte, Christophe reconnut les voix de leurs amies Laurie et Géraldine-Marie. Les deux femmes ayant reçu les clés de l'appartement avaient commencé leur emménagement pendant que les amoureux étaient absents. Les couples se réunirent dans le salon afin de définir certaines règles. Aline s'adressa aux trois autres :

- Premièrement, nous sommes tous les quatre chez nous. Deuxièmement, nous partagerons les charges de notre cohabitation et les dépenses de nourriture. Avez-vous d'autres impératifs ?

- Il n'y a pas de verrou sur la porte de la salle d'eau, dit Laurie, et la douche est assez grande pour deux, donc si nous souhaitons nous laver le dos, ne seriez-vous pas choqués ?

- Je ne veux pas parler pour Aline, mais pour moi, je ne vois pas ça d'un mauvais œil !

Ils partirent tous dans une franche hilarité, à la suite de laquelle Aline reprit la parole :

- Moi non plus, je ne vois aucune objection à ce que vous partagiez la douche et j'apprécierai que l'une d'entre vous me frotte le dos lorsque je suis sous l'eau.

- Si Christophe ne voit pas de mal là-dedans, dit Géraldine-Marie, je veux bien me dévouer pour savonner ton corps et plus, si tu le souhaites.

- La seule chose qui me dérange, c'est que je ne peux pas vous voir couverte de mousse et, malheureusement, l'audiodescription ne pourra pas compenser ma cécité.

- Tu pourras toujours nous rejoindre et te servir de tes mains pour faire vivre ton imagination, dit Laurie.

Christophe sourit en pensant à cette proposition : il était invité à être le seul homme à partager les moments intimes des trois femmes. Un sourire qu'il perdit vite quand Laurie lui dit qu'il devra être assez endurant pour les satisfaire, Aline et elle. Il eut deux émotions, la crainte de ne pas être à la hauteur des attentes de ces deux femmes et un peu rassuré de n'avoir que deux femmes à combler.

Le couple de femmes se dirigea vers sa chambre et revint en tenue d'Ève, ce fut à ce moment-là que la porte d'entrée s'ouvrit, laissant apparaître Annette, qui sembla surprise de voir les jeunes femmes nues au milieu du salon. Elle vit ensuite Aline qui, avec son doigt devant sa bouche, lui fit signe de ne pas réagir, car Christophe ne s'en était pas encore rendu compte. Aline dit à Christophe qu'elle alla montrer à Annette le travail qu'elle souhaitait lui faire faire dans de la salle d'eau. Les deux femmes revinrent quelques instants plus tard dans la même tenue que Laurie et Géraldine-Marie.

Le petit groupe s'installa dans le salon et Annette se proposa de leur servir le café ; et lorsqu'elle se pencha pour poser le plateau contenant les tasses, l'un de ses seins entra en contact avec le bras du jeune homme, il s'immobilisa sur son fauteuil, se rendant compte qu'elle avait le buste dénudé. Il ne se permit pas de faire de commentaire, ni de tendre la main pour savoir si elle était complètement nue, mais au fond de lui, il en mourut d'envie.

Aline regarda Christophe et lui dit :

- Tu n'as rien remarqué, Petit Cochon ?

- J'ai cru sentir qu'Annette était dépourvue de vêtements au niveau de la poitrine et ne voulant pas passer pour l'animal que tu viens de mentionner. Je n'ai fait aucun commentaire, ni n'ai osé tendre la main pour savoir si elle ne portait aucun vêtement sur tout le corps.

- Je peux répondre à ta curiosité, dit Annette, je ne porte aucun vêtement comme l'ensemble des femmes présentes dans cette pièce !

- Vous rigolez, dit Christophe surpris, vous n'êtes pas toutes dans le plus simple appareil ?

- Nous devons être honnêtes avec toi, nous sommes toutes nues et nous avions échafaudé ensemble ce plan, dit Aline, et je peux même te dire qu'Annette sera notre hôte pour la soirée et, si elle le souhaite, elle pourra même rester cette nuit.

- Si je comprends bien, dit le jeune homme, je suis le dindon de la farce ?

- Nous espérons surtout que tu sauras bien farcir les trois femmes présentes à tes côtés, dit Laurie. Pour Géraldine-Marie, nous saurons nous en occuper nous-mêmes !

Aline s'approcha de son compagnon et posa sa main sur sa cuisse, vite rejointe par celle de Laurie, et ensemble, elles descendirent la braguette du jeune homme et celui-ci leur permit d'enlever son pantalon et son caleçon en soulevant ses fesses, laissant apparaître un sexe qui commençait déjà à prendre des proportions appétissantes. Annette s'approcha à son tour et sortit sa langue pour lécher le gland du jeune homme, parcourir son sexe des bourses jusqu'au prépuce et ensuite introduire l'obélisque du jeune homme dans sa bouche chaude et accueillante. Laurie et elle se partagèrent chacune à tour de rôle le sexe de Christophe, dans une fellation digne des plus grands films pour adultes.

La jeune paraplégique se mit elle-même de côté, pour se diriger vers le corps si appétissant de Géraldine-Marie, qui la fit s'allonger à côté d'elle sur le canapé et la chevaucha, lui présentant son sexe au niveau de la bouche et ayant celui de la jolie Rousse devant ses yeux. Aline apprécia de voir la rosée du désir sur les pétales du sexe de la jeune femme et, avec sa langue, elle récolta ces perles du désir. Elle se servit de sa langue pour parcourir les lèvres, le clitoris et ce petit anneau discret qui palpitait autour de son doigt. En effet, Aline copiait les caresses que lui faisait son amie et c'était pourquoi elle lui avait mis un pouce dans l'anus pendant que deux autres de ses doigts étaient en train de pénétrer son vagin. Avec ces doubles stimulations de leurs orifices et les caresses buccales, Aline et Géraldine-Marie se mirent à émettre des vocalises dans toute la pièce et finirent par jouir de façon si brutale et passionnée que Géraldine-Marie arrosa littéralement le visage d'Aline.

Lorsqu'elles reprirent leurs esprits, elles constatèrent que les trois autres n'avaient pas perdu de temps, car Christophe, couvert d'un préservatif, prenait en levrette Annette qui avait devant sa bouche le sexe de Laurie. À les voir tous les trois, on pourrait croire qu'ils étaient habitués à partager des moments coquins. Aline ne savait pas depuis combien de temps le trio était en action, mais après que Laurie eut joui sous la langue d'Annette et que celle-ci eut crié que Christophe lui donnait énormément de plaisir, le jeune homme explosa dans sa camisole en latex et s'effondra sur le fauteuil.

Après ce moment de plaisir partagé, les cinq amis se répartirent les chambres. Aline dormit ce soir-là avec Géraldine-Marie et Christophe, quant à lui, se retrouva entre Laurie et Annette. La nuit fut encore mouvementée dans la chambre de la jeune paraplégique et Christophe ne put que profiter des vocalises de Laurie et Annette qui se découvraient dans de nombreuses positions.

La vie à quatre…
Quatre mois plus tard

Après quatre mois de vie commune, avec des séances de rapprochement sous la douche et dans différents endroits de l'appartement, les quatre amis n'oublièrent pas le but premier de l'emménagement des deux femmes, et donc il n'était pas rare que Laurie et Géraldine-Marie déposaient Christophe à son stage lorsqu'elles partaient à leur travail. Ce jour-là, juste avant que le jeune homme ne quitta la voiture, les deux jeunes femmes lui rappelèrent qu'elles le récupéreront le soir pour rejoindre Aline dans un restaurant au centre de Grenoble.

Christophe partit à son stage afin de réaliser son projet en cours sans se douter de la surprise qui l'attendait le soir même.

Un collègue de Christophe, Louis, l'attendait à l'entrée de l'immeuble et lorsqu'il vit descendre le jeune homme, il remarqua encore une fois que c'était de jolies demoiselles qui accompagnaient son nouvel ami. Il ne put s'empêcher de lui dire lorsqu'il arriva à sa hauteur :

- Eh bien, Mon Salaud ! Tu ne t'emmerdes pas ! Hier, tu te fais emmener par une jolie Rousse, aujourd'hui, deux jolies femmes ! Ne me dis pas que tu baises avec les trois ?

- La jolie Rousse est ma compagne, les deux autres femmes vivent avec nous et cela me permet de faire mon stage dans votre entreprise. Comme tu sembles curieux, sache que ces deux femmes sont en couple et que seulement l'une d'entre elles est bisexuelle.

- Si j'avais été à ta place, j'aurais tenté ma chance. Si tu n'as pas couché avec elles, dis-moi au moins que tu les as vues nues… Qu'est-ce que je peux être con et maladroit, c'est vrai tu ne peux pas voir… Désolé, je te prie de m'excuser, dit Louis en devenant rouge de honte.

- Je t'excuse ! Ne t'inquiète pas, je suis le premier à en rire. Je leur ai dit que j'étais très triste de ne pouvoir les voir nues alors que notre porte de salle d'eau est dépourvue de serrure.
- Donc, en gros, si je comprends bien, chez toi il y a trois déesses qui se promènent parfois nues et tu ne peux pas en profiter, parce que tu n'as pas la vue ?
- Tu sais, mon ami, on ne voit pas qu'avec ses yeux, les gens comme moi voient avec leurs mains !
- Tu veux me dire que tu as déjà caressé ces deux femmes et que ta copine n'a pas été jalouse ?
- J'ai déjà caressé et eu des rapports avec ces demoiselles, ma copine est au courant et parfois participe à ces moments de sexe !
- Christophe, promets-moi de m'inviter chez toi afin de rencontrer la femme la plus sympa du monde.
- Je te le promets, Louis, je t'inviterai chez moi pour passer une soirée avec nous. Mais ne te fais pas de films, je ne pense pas que nous ferons des cochonneries ensemble.
- Merci Christophe, merci mon ami !

Les deux jeunes hommes arrivés dans leur service se mirent à travailler sur le projet d'étude de Christophe, l'un sur la partie recherche et développement ainsi que le codage de l'intelligence artificielle et l'autre sur la mise en place de moyens de positionnement et de gestion d'énergie. Le projet avait été validé par le maître de stage, l'employeur et surtout les investisseurs qui voyaient dans celui-ci, une formidable chance de développer le carnet de commande de la société.

Pour obtenir de nombreux renseignements sur le travail effectué par les chiens guides, Christophe avait rencontré une éducatrice canine formant ces chiens, avait étudié les commandes nécessaires et ensuite était allé à la rencontre de personnes ayant un chien guide afin de découvrir leurs vies avec leurs compagnons et ce qui pourrait être fait pour améliorer leur quotidien.

Christophe et Louis travaillèrent intensément toute la journée et vers dix-huit heures, l'agent d'accueil appela Christophe pour l'informer que son chauffeur était arrivé et que celui-ci l'attendait en bas de l'immeuble. Louis sauta sur l'occasion, trépignant comme un enfant devant un cadeau, et dit à son collègue qu'il allait l'accompagner jusqu'à l'entrée. En arrivant devant la voiture, il se pencha à la fenêtre de la conductrice et dit :

- Bonjour ! Louis, le collègue de Christophe ! Je pense que ce Rustre ne vous a pas parlé de moi ?

- Géraldine-Marie et voici ma compagne Laurie ! Il nous a dit que vous étiez célibataire, que vous ne deviez sûrement pas être trop lourd, car vos pas n'étaient pas trop appuyés et que vous étiez sympathique. À ce que je vois, notre ami est un fin observateur, son ouïe lui a permis de bien vous décrire.

- Je vois que Christophe est bien entouré et doit bien rigoler à la maison.

- En effet, il est un homme comblé en amour et pour le reste. Si vous le souhaitez, nous serions ravies de vous accueillir samedi soir pour le repas. Une amie à nous se joindra à l'équipe.

- Je serais honoré de me joindre à vous, je ramènerai le dessert, Christophe me donnera l'adresse et me dira si vous avez des allergies ou n'aimez pas quelque chose.

Géraldine-Marie fit un sourire à Louis, les trois passagers du véhicule le saluèrent et la voiture prit la route en direction du restaurant où Aline les attendait impatiemment.

Arrivées au restaurant, les deux jeunes femmes accompagnèrent Christophe auprès de son amoureuse qui était déjà installée à leur table. Le jeune homme s'assit entre Aline et Géraldine-Marie et cette dernière lui dit qu'elles avaient une surprise pour lui et que cela allait changer leur vie à tous les quatre. Elle prit la main du jeune homme et la posa sur son ventre, entraînant une réaction de surprise de Christophe qui dit :

- Tu es enceinte ?
- Bravo, Sherlock, dit Aline avec un ton amusé.
- Je suis enceinte d'environ cinq mois, dit Géraldine-Marie, et je peux même te dire que nous allons avoir tous les quatre une petite fille.
- Nous sommes donc tous les deux super fertiles !
- En effet, tu ne tires pas à blanc, le premier coup fut le bon. Nous sommes donc tous les deux les géniteurs de ce bébé et j'espère que tu sauras lui donner ton amour et l'aider dans son évolution.

- Si vous m'en donnez le droit, je serais honoré de pouvoir faire partie de sa vie, sans pour autant oublier que vous êtes ses mamans.

Les quatre amis commandèrent trois coupes de Champagne et un cocktail sans alcool pour la future maman. Ils firent un repas dans une ambiance gaie et chaleureuse, pendant lequel les plats furent partagés comme avait été partagé le corps de Christophe au cours de ces derniers mois.

Malgré tout, le jeune homme se dit que les trois femmes avaient su protéger le secret et personne ne lui avait fait la moindre confidence sur l'état avancé de la grossesse de Géraldine-Marie, et comme il ne caressait jamais le corps de la jolie Blonde, il ne pouvait se douter de ce qu'il se passait.

Après ce moment convivial au restaurant, les quatre amis et cohabitants rentrèrent à l'appartement pour se reposer, car la journée fut fatigante et mouvementée.

Louis rencontre un foyer non-conventionnel

Le samedi, Louis arriva chez son collègue et ami, avec dans les mains un bavarois à la framboise, comme le désirait la future maman. Après avoir sonné, une petite femme brune lui ouvrit, le fit entrer, l'embrassa sur les joues en lui disant qu'elle se prénommait Annette. Louis commençait à se dire que son ami avait beaucoup de chance, car il n'était entouré que de jolies femmes.

Annette prit le gâteau et accompagna l'invité dans le salon où se trouvaient les quatre occupants de l'appartement. Louis dit alors Christophe :

- Dis-moi, combien de femmes vivent ici ? Parce que chaque jour, je vois auprès de toi une jolie femme.

- Tu connais déjà Aline, ma chérie. Tu connais Géraldine-Marie et Laurie, qui sont en couple et vivent ici avec nous. Par contre, Annette qui s'occupait et s'occupe de l'entretien de l'appartement est devenue notre amie. Nous passons de nombreuses soirées ensemble, mais elle n'habite pas ici.

- Eh bien, je suis un peu rassuré de savoir que toutes ces femmes ne sont pas tes maîtresses, car sinon, tu serais un peu un pacha au milieu de son harem.

- Christophe nous ayant dit qu'on pouvait parler sans tabou, dit Géraldine-Marie, il est un peu le Pacha au milieu de ses femmes. Comme il te l'a dit, Aline est sa compagne, Laurie est ma compagne, et pourtant, il arrive parfois qu'elle ait des moments intimes avec Christophe, Aline et même Annette. De mon côté, étant seulement attirée par les femmes, il m'arrive parfois d'avoir des rapports avec les trois femmes.

- Et donc, pour combler votre couple avec Laurie, vous avez fait appel à la procréation médicalement assistée ?
- Non, j'ai fait une procréation in vivo grâce à la canne blanche d'un jeune aveugle !
- C'est une blague ? Tu veux me faire croire que Christophe est le géniteur de l'enfant que tu portes ?
- En effet, pour la première fois que je me faisais pénétrer par un homme, ce fut la bonne. Je dois confesser que je ne cherchais que des gamètes et que j'ai également pris du plaisir !
- Mais vous n'avez jamais recommencé ?
- Nous ne l'avons fait qu'une seule fois et ce fut la bonne, dit Christophe, comme quoi Laurie et moi, nous sommes très fertiles.
- J'ai eu le même problème avec mon ex, dit Annette avec les yeux embués, la seule fois où il n'a pas mis de préservatif, et comme je ne prenais pas de contraception, je suis tombée enceinte et me voilà femme de ménage, sans diplôme, tout cela pour nourrir ma fille de quatorze ans.
- Tu es donc mère célibataire, car ton ex-copain de l'époque n'assumait pas d'être père. Moi, c'est le contraire, j'ai eu plus jeune un cancer et le revers de la guérison a été de me rendre stérile. Les médecins m'avaient prévenus qu'il y avait de grandes chances que je le sois… Lorsque j'ai été en couple et après de nombreux essais infructueux, j'avais dû faire un spermogramme. Les médecins m'ont alors dit que je n'aurais pas la chance d'avoir un enfant et c'est pour ça que mon ex-

femme est partie avec un autre homme, un « vrai » comme elle m'a dit.

- Quelle salope, j'aurais préféré que ma fille ait un père comme toi qu'un géniteur comme celui qu'elle a eu. Il n'a même pas voulu la reconnaître et aujourd'hui, je ne souhaiterais même plus voir sa sale tête près de moi !

Louis sembla touché par la dernière phrase d'Annette et s'installa près d'elle à table, parla longuement avec elle et avec ses amis. Les discussions furent nombreuses et animées, sans tabou, et Annette raconta à ses amis ses différentes expériences chez ses clients lorsqu'elle allait faire le ménage. Ils rirent tous des situations parfois très cocasses.

Annette étant venue par les transports en commun, Louis lui proposa de la raccompagner chez elle avec sa voiture. Celle-ci accepta volontiers et ils partirent ensemble, sous le regard amusé de leurs amis qui voyaient déjà en eux un futur couple.

Louis se confie à Christophe

Le lundi matin, à son arrivée, Christophe fut accueilli par un Louis enjoué. Celui-ci prit tout de suite la parole et dit à son ami :

- Merci Christophe ! Grâce à toi, j'ai rencontré une femme extraordinaire. Je l'ai raccompagnée chez elle et comme sa fille était absente ce week-end, nous avons passé la journée d'hier ensemble.
- Vous avez passé la journée devant Netflix ou vous avez passé la journée sous la couette ?
- Nous avons passé la journée à explorer nos corps, avec juste des pauses pour se restaurer.
- Je suis ravi que vous vous soyez trouvés, et nous savions que vous vous plairiez.

Les deux hommes se dirigèrent devant le projet qui avait été instauré par Christophe. Il devait montrer d'ici deux mois les prémices du chien-guide du futur, mais à ce jour, le robot, malgré l'ajout d'un système GPS, de panneaux solaires souples, d'un mini-PC et de caméras, ne pouvait pas, pour l'instant, assister une personne atteinte de cécité.

Louis ayant terminé d'installer les éléments demandés par Christophe dans son cahier des charges, l'aida dans le transfert des données de l'ordinateur de son collègue sur le système intégré à l'appareil. Des lignes et des lignes de codes toutes plus incompréhensibles pour un non initié à la programmation. Un travail qui, en plus d'être fastidieux, était à produire dans un délai très limité, car un modèle devait être présenté lors de la soutenance de Christophe. Les deux hommes travaillèrent de nombreuses heures et lorsqu'ils se décidèrent à quitter leur projet, ils virent que le bureau était vide. Louis proposa à son jeune collègue de le ramener à ses trois femmes et ainsi avoir l'excuse de passer devant chez Annette en rentrant chez lui. Avec un peu de chance, cette dernière l'inviterait à passer la nuit à ses côtés.

Ariane

Après deux mois passés à travailler des jours sur le projet et des nuits sur ses différents rapports, Christophe fut accompagné par Louis dans la soutenance de son projet devant ses professeurs, des industriels et son employeur. Ce dernier était arrivé avec un fourgon tôlé et anonymisé.

Chaque personne présente dans la pièce étant tenue à la confidentialité des projets présentés, Christophe se présenta devant un jury qui, en le voyant arriver avec sa canne blanche, se demanda bien ce que pouvait proposer ce jeune homme ! Malgré tout, le président du jury lui demanda de commencer. Christophe prit la parole et décida de rompre la glace immédiatement :

- Bonjour Mesdames et Messieurs ! Je me présente, Christophe BRAILLÈS, un nom qui aurait été prédestiné, si l'accent n'existait pas sur le E.
Vous vous demandez quel projet une personne comme moi. Quel projet une personne aveugle pourrait soutenir ? Je ne veux pas vous faire perdre votre temps et comme une image vaut mille mots, je vous présente grâce à mon ami et assistant, Louis, Ariane the guide dog.
Pour réaliser ce projet, je me suis rapproché d'un centre d'éducation de chien-guide, j'ai étudié les besoins d'une personne bénéficiant d'un tel compagnon et ensuite j'ai cherché les limites d'un animal.
La première limite, c'est le non-respect du droit d'accès des chiens d'assistance aux établissements recevant du public. Ariane n'aura pas le refus du fait que c'est un robot.
La seconde limite est que si je dois aller dans un lieu sans connaître le trajet et que je n'ai pas de smartphone, un chien-guide ne saura pas le chemin à parcourir. Ariane avec ses caméras et son GPS, couplés à son intelligence artificielle,

permettra par une simple commande vocale de définir le meilleur itinéraire et de guider son propriétaire.

La troisième et dernière limite est qu'un animal a des besoins naturels à satisfaire. Une personne n'ayant pas la vue ne peut ramasser les déjections et, de ce fait, c'est un problème pour l'ensemble des usagers de la ville. Avec Ariane, ce souci n'en est plus un.

Ariane dispose de trois modes de rechargement, des panneaux photovoltaïques sur le maximum de la surface de son dos, d'une prise de recharge et d'une base de recharge qui, comme le tapis d'un chien, l'attendra à votre domicile ou à votre bureau, pour une charge plus complète lorsque vous n'aurez pas besoin d'assistance.

Ariane, disposant d'une puce 5G, est capable de prévenir les secours si son propriétaire lui demande.

Le système d'intelligence mis sur Ariane est évolutif et bénéficie d'une mise à niveau à distance lorsque l'appareil est sur sa base et jamais en fonctionnement.

J'espère que ces images et ma présentation vous ont donné envie de découvrir Ariane, je me permets donc de l'inviter à nous rejoindre.

Louis ouvrit la porte et lorsque Christophe appela le robot, Ariane apparut avec, au niveau de son arrière-train, un harnais de guidage semblable à celui des chiens-guides. Le robot se plaça près de la jambe du jeune homme et régla la hauteur de la poignée du harnais jusqu'à ce qu'elle fut dans la main de la personne à guider.

Christophe étant sûr du travail effectué avec son compère, se mit à évoluer dans la pièce et demanda à Ariane de lui trouver et de lui indiquer un siège libre. Il se permit même de demander au système quel est le meilleur restaurant de cuisine vietnamienne à Grenoble, les tarifs, de lui donner le temps de trajet estimé et de lui réserver une table pour sept personnes. Sous les regards déconcertés de l'assemblée, Ariane répondit à toutes les questions avec une voie humaine, la plus belle voie aux oreilles de Louis, celle d'Annette.

Christophe ayant compris que sa démonstration avait eu l'effet escompté sur les personnes présentes dans la salle, il reprit sa place devant l'assistance et demanda s'ils avaient des questions ? L'une d'elles leva la main et, se rendant compte de sa maladresse, dit alors :

- Excusez-moi ! Comment avez-vous greffé une intelligence artificielle au robot Spot de Boston Dynamics ? Et comment être certain que le système ne soit pas piratable ?

- Alors tout d'abord, Madame, je vous excuse d'avoir levé la main lorsque vous avez voulu prendre la parole. De nombreuses personnes ont des réflexes et lorsqu'elles se rappellent que je suis aveugle, elles sont gênées. Ce n'est pas grave et cela me fait sourire.
  Pour vos questions techniques, je ne peux pas tout vous révéler sur le système, mais un mini-PC a été implanté dans le robot, le codage et le système de protection des données ont été testés et analysés par un ami hackeur.

- Quelqu'un a une autre question ? demanda le président du jury. Bien ! Monsieur BRAILLÈS, nous vous laissons attendre dans le hall pendant que nous délibérons sur votre présentation.

Louis et Christophe sortirent avec Ariane, pendant que dans la salle, son avenir était entre les mains de personnes qui ne pouvaient savoir la force de travail fournie par ce jeune homme qui avait refusé de demander un temps supplémentaire pour sa mise en place et sa présentation. La seule demande fut l'assistance de Louis pour brancher l'ordinateur de Christophe, vérifier le bon affichage des images et ouvrir la porte. Les deux amis ne pensaient pas que les demandes du jury soient exagérées, bien au contraire.

Après près de trente longues minutes d'attente, Christophe, accompagné de Louis et guidé par Ariane, rentra dans la salle où le président du jury prit la parole pour donner les conclusions de leur délibération :

- Monsieur BRAILLÈS ! Vous nous avez bluffés par votre présentation et par le résultat de votre travail alors que vous êtes atteint d'une cécité totale. Nous sommes donc unanimes sur la validation de cette partie de votre examen et nous vous attribuons un dix-sept sur vingt. Une note qui est justifiée par votre réalisation, la prise en compte de l'évolution des demandes, mais également par la possibilité d'améliorer le système et la certitude que vous n'avez pas montré ici toutes vos capacités.

- Je vous remercie pour l'ensemble de vos propos et je promets de mettre en œuvre le meilleur de moi-même pour améliorer la vie personnelle et professionnelle des personnes qui utiliseront les systèmes pour lesquels je collaborerai à la création.

Christophe, Louis et Ariane sortirent de la pièce, suivis de près par le dirigeant de l'entreprise dans laquelle et pour laquelle ils avaient conçu Ariane. Celui-ci proposa à Christophe d'intégrer ses bureaux pour finaliser le produit afin de le présenter au futur

Consumer Electronics Show de Las Vegas. Une offre que ne put refuser le jeune homme : son bébé serait présenté lors du plus grand salon consacré aux innovations.

En attendant, Ariane retourna au sein de l'entreprise dans le véhicule banalisé, pendant que Christophe et Louis profitèrent de la réservation faite lors de la démonstration pour inviter Aline, Géraldine-Marie, Laurie et Annette.

À l'arrivée des femmes, les deux hommes se sentirent privilégiés de partager leur table avec autant de belles femmes. Les regards et les commentaires venant des autres clients de l'établissement montraient pour certains du désir, pour d'autres de la jalousie ou encore une certaine animosité face à tant de beauté.

Christophe et Louis se fichaient bien du regard et de l'avis des autres sur leur relation peu conventionnelle. Le but de cette soirée était de fêter la validation du projet et l'emploi du jeune homme. C'est pourquoi, après des cocktails aux saveurs de la Baie d'Ha Long, les mets asiatiques se succédèrent sur la table et furent partagés entre les convives.

En fin de soirée, alors qu'ils étaient les derniers clients du restaurant, le groupe paya une addition aussi salée que la sauce soja et se scinda en deux pour rentrer, Louis avec Annette et Christophe avec ses drôles de dames.

La prise de conscience

Quelques jours après la belle soirée passée entre amis, Aline se rendit, pour la première fois depuis son accident, chez le gynécologue. Elle avait dû chercher un spécialiste dont le cabinet était accessible avec son fauteuil, et même si certains annonçaient qu'ils étaient aux normes, une simple recherche sur Google Street View avait permis à Aline de se rendre compte que, malheureusement, une marche était présente devant l'entrée ou encore une rampe dont l'angle était trop important. Elle s'était aussi heurtée aux ascenseurs trop petits.

Après cette difficile recherche, lorsqu'elle entra dans le cabinet médical, la jolie Rousse vit dans les yeux de la secrétaire que peu, voire aucune femme handicapée n'était patiente ici. Une impression qui se confirma lorsque le médecin fit son apparition. Cette dernière lui dit sèchement :

- Ah ! Vous êtes handicapée, vous ne l'aviez pas mentionné à ma secrétaire ? Bon, nous verrons ce que nous pourrons faire !

Aline se sentit dénigrée par les propos de la praticienne qui, malgré tout, l'invita à entrer dans la salle d'examen, à s'installer sur la table gynécologique et à mettre ses pieds dans les étriers. La jeune femme se transféra sur la table, mais elle dut demander de l'aide à la gynécologue pour pouvoir installer ses jambes inertes sur les étriers. Les jambes ne tenant pas seules, la secrétaire fut appelée pour les attacher avec des liens. Le médecin ne lui ayant pas demandé son consentement, Aline se sentit bafouée dans son intimité par la présence de cette seconde femme.

La praticienne palpa avec force la poitrine de la jeune femme, puis se dirigea entre ses jambes et introduisit sans ménagement son spéculum dans le vagin d'Aline qui se raidit face à si peu de délicatesse. Une réaction qui surprit la gynécologue qui dit à sa patiente qu'elle la pensait insensible à ce niveau-là.

Après cet examen très désagréable et après avoir été détachée, Aline retourna dans son fauteuil et rejoignit la praticienne à son bureau pour connaître ses constatations. La gynécologue lui dit alors :

- Mademoiselle, je ne vois aucune anomalie gynécologique, et donc, pour la partie qui me concerne, tout va pour le mieux. Avez-vous des questions ?
- Je souhaiterais que vous me prescriviez une contraception.
- Pourquoi faire ? Vous n'avez pas besoin de vous infliger inutilement des hormones ou est-ce pour mieux gérer vos menstruations ?
- Docteur, avec tout le respect que je vous dois, je souhaite une contraception pour éviter une grossesse non désirée alors que je suis encore sur les bancs de la faculté.

La gynécologue fit l'ordonnance demandée par la jeune femme et la raccompagna au secrétariat afin qu'elle puisse régler sa visite, ce qu'elle fit rapidement et sortit avec empressement.

Dès qu'elle fut dans la rue, Aline revécut ce moment pénible. Les cabinets de gynécologie n'étaient sûrement pas tous adaptés aux personnes handicapées, mais, pour cette gynécologue, une femme handicapée ne méritait pas la même attention qu'une femme valide. Il lui était inconcevable qu'une femme handicapée pouvait avoir une sexualité, alors ce devait certainement lui être improbable qu'elle désirait devenir mère.

Aline se dit donc qu'elle devait se servir de sa vision de personne en situation de handicap pour améliorer la vie des femmes qui, comme elle, n'avaient pas accès à une médecine adaptée, et voilà pourquoi elle se dit qu'à défaut d'être une chirurgienne, elle serait gynécologue ! Elle allait se battre pour créer des lieux d'accueil pour ces femmes trop souvent oubliées.

La famille s'agrandit

Comme chaque jour depuis l'examen, Christophe et Louis passaient de longues journées enfermés dans leur atelier pour corriger les défauts d'Ariane, combler ses lacunes et augmenter ses capacités, afin de montrer leur talent lors du prochain Consumer Electronics Show de Las Vegas[12]. Tous deux espérèrent pouvoir être présents pour répondre aux questions des spécialistes ainsi qu'à celles des néophytes.

Alors qu'ils finissaient une modification, la secrétaire arriva dans le local pour informer Christophe que son amie venait d'être admise à l'hôpital, car elle allait accoucher. Les deux hommes partirent alors en direction de l'hôpital afin de soutenir les futures mères.

À l'hôpital, Christophe, accompagné par Louis, demanda à l'accueil du service de maternité :

- Bonjour, je viens voir Mademoiselle Géraldine-Marie Le Quéré… Elle a été admise pour un accouchement !

- Bonjour, je ne peux révéler aucune information, dit une femme peu aimable.

- Je ne cherche pas des informations, je vous dis qu'elle a été admise. Ce n'est pas une question, mais une affirmation ! Je souhaite les soutenir, elle et sa compagne !

- Et vous êtes qui pour ces dames ?

---

[12] Le Consumer Electronics Show est un salon qui se tient annuellement à Las Vegas, consacré à l'innovation technologique en électronique grand public.

- Je suis le géniteur de l'enfant qui va naître et, accessoirement, je vis avec elle ! répondit Christophe avec une pointe d'agacement.

- Je vois oui, vous êtes le donneur de gamètes ! Puis elle dit à voix basse à sa collègue, Encore des homos qui veulent un enfant, alors elles font appel à leur ami homo !

Christophe, ayant entendu toute la tirade homophobe de l'agent hospitalier, devint rouge de colère et ne put s'empêcher de parler de façon crue :

- Non, Madame ! Mes amies n'ont pas fait appel à un pote homo pour obtenir les gamètes nécessaires à une fécondation in-vitro ! L'une d'elles est venue directement se féconder sur ma canne blanche, qui vous dériderait si vous montiez dessus !

La femme, ne sachant plus quoi répondre, demanda aux deux hommes d'attendre dans la salle prévue pour les futurs parents et se rendit auprès de Géraldine-Marie et Laurie pour les informer de la présence d'un jeune homme aveugle qui se dit être le géniteur. Les deux femmes lui confirmèrent le statut de Christophe et Laurie alla à la rencontre du jeune homme.

- Bonjour beaux jeunes hommes ! Dit Laurie.

- Bonjour future maman ! Comment va Géraldine-Marie ? Pourquoi n'es-tu pas restée avec elle ? Dit Christophe.

- Ne t'inquiètes pas, nous sommes arrivées à temps et elle a eu droit à la péridurale. La petite devrait pointer le bout de son nez d'ici peu de temps, je reviendrai vous prévenir. En attendant, restez ici avec Louis et, s'il vous plaît, pourriez-vous prévenir Aline et Annette ?

- Nous nous en occupons, comme dirait Aline, ça roule !

Laurie repartit auprès de sa compagne afin de la soutenir et les deux hommes prévinrent Aline et Annette que le bébé serait bientôt là, mais qu'il ne servirait à rien de venir maintenant, car l'espace d'attente était trop exigu et inadapté au passage du fauteuil roulant. Une dernière remarque qui exaspéra encore plus Christophe : Rien n'était fait pour les personnes handicapées.

Après trois longues heures d'attente, avec des parents surexcités par l'arrivée de leur enfant, Laurie fit son apparition dans l'encadrement de la porte. Christophe, ayant reconnu le parfum de la jeune femme, se tourna vers elle et accueillit avec le sourire ses paroles :

- Elle est née ! La maman et le bébé vont bien, Géraldine remonte dans sa chambre et la petite la rejoindra après une visite de contrôle.
- Tu ne nous as pas dit son prénom et ses mensurations ! Dirent en chœur les deux hommes.
- Elle se prénomme Ève et elle fait cinquante centimètres pour trois kilos et huit cent grammes.
- Ce doit être une jolie fille, elle a déjà un beau prénom et de douces mamans ! Dit Christophe avec un beau sourire.
- Retourne auprès de ta compagne, nous informons nos femmes, nous irons faire un tour et nous viendrons vous voir toutes les trois ! Annonça Louis.

Laurie repartit auprès de Géraldine-Marie et de leur fille, les deux hommes sortirent de cette salle d'attente où ils avaient dû patienter des heures et se dirigèrent vers la voiture de Louis. Ils partirent en direction d'un grand centre commercial proche de l'hôpital où ils attendirent leurs compagnes, assis à la table d'un café.

Aline et Annette, après un long voyage dans les transports en commun, rejoignirent les deux hommes et, ensemble, ils allèrent acheter un présent pour la petite Ève et un cadeau pour les deux mamans.

Chargés de sacs et après avoir passé le cerbère de l'accueil, les quatre amis arrivèrent à la chambre de Géraldine-Marie, ils frappèrent et en entrant, ils virent la jeune maman allaiter son bébé, une scène digne d'un des tableaux de Marguerite Gérard, qu'avait vu Aline dans un livre. Ensemble, ils offrirent un doudou à la petite, un bon d'achat et différents vêtements, dont un body où il était inscrit « *Je suis la petite princesse de mes mamans* ». En voyant l'inscription, les deux mamans se mirent à pleurer et Laurie demanda :

- Vous avez fait faire cette inscription juste pour nous, nous sommes vraiment touchées par ce geste ! Espérons que les mentalités évolueront, car je serai triste si Ève souffrait de notre famille atypique !

- Nous ne sommes pas comme les autres, notre colocation est atypique, nos couples sont atypiques et nous emmerdons les gens qui se permettent de nous juger ! Affirma Aline avec force et conviction.

- Il va falloir vous habituer aux pleurs à toute heure, espérons qu'elle soit un ange ! Annonça Géraldine-Marie en finissant de nourrir sa fille.

- Ne t'inquiètes pas, nous nous adapterons à son rythme, nous sommes votre famille ! Et si elle est aussi gentille que ses mamans sont sexuellement douces, nous vivrons paisiblement ! affirma Christophe.

Les six amis se mirent à rire de la dernière phrase de Christophe et tous furent émus par la vie qu'ils s'étaient créée ces derniers mois. Les découvertes sexuelles s'étaient rapidement transformées en un lien affectif solide. Ils formaient une famille atypique, mais une famille choisie.

Plus d'espace pour la famille

L'arrivée d'Ève fut un bonheur pour tous, même si les premiers jours furent compliqués, chacun devant trouver sa place, car tous s'occupaient de l'enfant. Les habitudes de rapprochement sous la douche reprirent rapidement après le retour de la maternité, mais seule Géraldine-Marie ne profitait pas du beau sceptre de Christophe.

L'appartement était adapté pour deux couples n'ayant pas de pudeur, mais ils ne purent que constater qu'il ne permettait pas de vivre convenablement avec un bébé et sera vraiment trop petit lorsqu'Ève sera en âge de se mouvoir au sol. Les deux mamans proposèrent de prendre un logement pour elles et la petite, mais c'était une solution qui ne plaisait ni à ceux qui l'entendaient, ni à celles qui la proposaient. Après une longue analyse de solutions, Aline appela Annette, pour qu'elle vienne avec sa fille et Louis.

Trois heures après l'appel, le trio arriva. Jade, la fille d'Annette, rencontra pour la première fois les amis de sa mère et de son compagnon. Elle avait souvent entendu parler d'eux et après un temps d'observation pendant que chacun parlait autour d'un café, elle dit avec un ton humoristique :

- Si je comprends bien, ici c'est la cour des miracles : une paraplégique qui prend son pied avec la canne d'un aveugle, deux femmes arrivent à se reproduire, ma mère retrouve le sourire en vous rencontrant et se trouve un homme bien !
- Jade, dit une Annette estomaquée par les propos de sa fille, ce n'est pas comme ça que je t'ai élevée, tu ne dois pas parler comme cela !

- Maman, je plaisante avec vous, tu m'as toujours appris à analyser les personnes. Je vous ai observés et si je vous ai blessés, je vous prie de m'excuser !
- Ne t'inquiètes pas, dit calmement Aline, nous ne sommes pas choqués, nous plaisantons de nos différences et, en effet, nous sommes une famille atypique !
- Une famille ? Tu veux dire que vous êtes de la même famille ? dit Jade.
- Nous n'avons aucun lien du sang, enfin, si pour Ève, qui partage les gênes de Géraldine et Christophe !
- C'est bien, comme ça, Jade pourra connaître le nom et le visage de son donneur. Vous avez pu faire la FIV[13] en France ?
- Nous n'avons pas fait de FIV, dit Géraldine-Marie, j'ai utilisé la bonne vieille méthode. La première fois fut la bonne !

Devant l'air abasourdi de Jade, Annette expliqua à sa fille que les quatre habitants de cet appartement, étaient assez ouverts d'esprit et aimaient partager leur sensualité et leur sexualité. Qu'elle les avait déjà vu nus et même dans des positions sexuelles. Elle répondit aux questions de sa fille et même celles la concernant. Elle dut admettre avoir déjà participé à des rapprochements avec eux et c'est même grâce à cela qu'elle avait rencontré Louis.

Les explications faites et après plus d'une heure de discussion, Aline demanda l'attention de l'assemblée et dit avec un ton solennel :

---

[13] FIV : Fécondation In-Vitro

- Nous nous connaissons depuis plusieurs mois et nous nous sentons comme une grande famille. Nous étions quatre et aujourd'hui, un petit trésor est entré dans notre vie. Dans quelques mois, Ève va déambuler dans l'appartement, qui est déjà juste entre sa poussette et la mienne. Ses mamans ont proposé de chercher un autre logement et nous trouvons cela trop triste.
Alors, j'ai une proposition à vous faire. Si je vends cet appartement et que nous mettions chacun un apport, nous pourrions acheter un terrain pour construire un logement pour nous huit. Qu'en pensez-vous ?

L'assemblée se regarda avec stupéfaction, chaque couple discuta dans son coin, chacun regarda les économies qu'ils avaient de côté et après diverses analyses du sujet, tous approuvèrent cette proposition, mais seule une voix se fit entendre, celle de Jade. La jeune fille émit deux problèmes : vivre avec des personnes encore plus sexuellement actives que sa mère et Louis, qu'elle entendait lors de leurs nombreux rapprochements, et surtout perdre ses amis. Aline lui dit que pour les nuisances sonores, elle ne pouvait rien lui promettre, mais que comme Christophe, elle ne verrait rien. Par contre pour ses amis, il y aura deux solutions, rester dans son collège mais faire les trajets ou intégrer un nouvel établissement et voir ses amis en dehors des heures scolaires.

Les objections ayant été prises en compte, les amis établirent le type de bien qu'ils souhaitaient acquérir ensemble. Un endroit assez grand pour accueillir huit personnes, mais que chaque couple ait son indépendance. Un lieu accessible à tous et partout. Louis et Christophe demandèrent de pouvoir créer un grand atelier pour pouvoir travailler si besoin.

Maintenant qu'ils savaient ce qu'ils voulaient, ils ne leur restaient plus qu'à trouver leur bonheur et pour cela, après avoir créé une SCI[14], ils allèrent voir une agence immobilière pour lui confier deux missions, vendre l'appartement et trouver le futur lieu rêvé.

---

[14] SCI : Société Civile Immobilière

La concrétisation d'un projet

Les semaines passèrent, Aline était très souvent submergée par ses études pour finir son troisième cycle. Christophe et Louis, eux, travaillaient sans compter leurs heures, pour permettre de montrer le meilleur de leurs compétences pour le projet Ariane et ainsi marquer le CES[15] de Las Vegas… Annette s'occupait de sa fille entre deux boulots et celle-ci gardait Ève de temps en temps, pour permettre aux deux mamans de se retrouver hors du travail.

Un matin, après presque trois mois d'attente, tous reçurent un message :« *Je pense avoir trouvé votre bonheur, rappelez-moi pour le visiter* ». Tous envoyèrent leurs disponibilités sur leur compte de messagerie partagée et le rendez-vous fut pris pour la semaine suivante.

Louis et Christophe n'ayant pas pu se libérer à cause de l'objectif qui leur avait été donné pour le grand rendez-vous de Las Vegas, seules les femmes purent se rendre pour la visite avec l'agent immobilier. Le bien proposé était un corps de ferme de deux cent cinquante mètres carrés habitables, rénové par ses anciens propriétaires, se composant au rez-de-chaussée d'une belle cuisine ouverte sur le salon, d'une salle d'eau avec une grande douche à l'italienne, d'un toilette et d'une grande chambre. Au premier étage, se trouvaient trois chambres et une salle de bain avec un toilette attenant et sous les combles, une grande pièce avait été créée. La visite se poursuivit vers un bâtiment de cent mètres carrés ayant, dans le passé, servi à entreposer le matériel agricole. L'agent immobilier voulant garder le meilleur pour la fin, elle annonça que le terrain de dix mille mètres carrés, était encore largement constructible. Elle montra les possibilités de construction sur les plans et par rapport

---

[15] CES : Consumer Electronics Show

aux directives municipales. C'est alors que les questions arrivèrent :

- Le hangar est-il équipé d'un compteur triphasé ? demanda Aline.

- Oui, le propriétaire avait pour projet d'installer un tour à bois ! dit l'agent.

- Dans notre projet, nous aurions souhaité pouvoir faire trois maisons indépendantes, mais que nous puissions nous réunir aisément, donc il faut prévoir de gros travaux ! dit Laurie, Alors, si je me base sur une facture de quatre cent mille euros pour la construction des deux maisons, est-ce que ce bien est dans notre budget ?

- Mesdames, selon le budget que vous m'aviez transmis, à la vue du projet que vous avez et de la communauté que vous souhaitez faire, je peux vous dire que nous devrons faire une offre cinq mille euros plus basse pour permettre de rester à flot.

Les quatre femmes se regardèrent, s'éloignèrent pour discuter entre elles et firent un appel vidéo avec Louis et Christophe. Tous trouvèrent que le cadre était paisible et que le terrain permettrait de faire de belles choses et il fut décidé que tous iraient le soir même faire une offre aux vendeurs.

L'offre fut acceptée et quatre mois après, cette communauté atypique emménagea dans ce bel endroit. Aline et Christophe investirent la chambre du rez-de-chaussée, les deux autres couples prirent possession de deux des chambres du premier étage et Ève eut sa chambre. Quant à Jade, elle s'émerveilla devant la pièce qui lui était réservée, elle bénéficiait de tout l'espace sous les combles.

    Le seul réel problème se posa dans l'utilisation des deux salles de bains et surtout sur le fait qu'Aline, Géraldine-Marie, Laurie et Christophe avaient pris l'habitude de ne pas verrouiller les portes... À plusieurs reprises, Jade les avait vu nus et sans s'en offusquer, elle avait refermé la porte. Même si ces brèves observations lui permirent de comparer son corps avec celui des autres femmes ou encore de voir le corps d'un homme nu, elle demanda aux occupants de la maison de respecter son évolution... Elle n'était pas encore prête à vivre avec des naturistes, une remarque qui fit rire l'ensemble des amis, qui lui promirent de faire plus attention.

Une désillusion

Les mois passèrent, Aline se concentrait sur ses études, Ève occupait énormément ses deux mamans, Annette, en plus de son travail, gérait les entreprises chargées des travaux autour du corps de ferme et Jade, ayant dû changer de collège, passait beaucoup de son temps libre sur son téléphone. La sexualité n'avait plus de place, surtout que Louis et Christophe étaient rarement là, car ils travaillaient énormément.

Un matin, les deux compères furent invités à une réunion de préparation en vue du salon qui aura lieu dans deux mois à Las Vegas. Le patron prit la parole devant les commerciaux et les deux amis :

- Mesdames, Messieurs, cette année, nous allons être sous les projecteurs du Consumer Electronics Show, grâce à Ariane, conçue par nos collaborateurs ici présents.
  Ariane est un chien robot capable de guider et d'aider un aveugle et qui de mieux que Christophe pour vous présenter le produit ? Écoutez le bien, prenez des notes, car vous devrez être capable de le vendre, sans avoir besoin de chercher les réponses. À vous, Christophe !

- Je tiens à préciser que sans l'aide et le travail de Louis, aucun projet n'aurait pu aboutir. Encore aujourd'hui, il va m'aider en vous passant les images correspondantes à ma présentation.
  Ariane est le premier chien-guide conçu sur la base du Spot de Boston Dynamics. Nous lui avons intégré une antenne GPS et 5G, couplée à un système informatique miniaturisé offrant une intelligence artificielle capable de répondre aux besoins et surtout aux demandes de son utilisateur. Ariane évite les obstacles et vient vers son utilisateur grâce à la présence de huit caméras.

Lorsque vous arrivez à votre domicile, Ariane va sur sa base de recharge, tel un chien sur son tapis. Elle profite également de ce temps de repos pour mettre son système à jour via le wifi de la maison.

Hors de ces moments de repos, Ariane peut compter sur la possibilité de brancher le robot sur secteur et surtout sur les panneaux photovoltaïques souples que nous lui avons adjoints. Bien sûr, comme tout bon chien-guide, Ariane dispose d'un cadre permettant à son utilisateur d'être encore mieux guidé et surtout, les gros avantages : Pas de poil et donc pas de risque d'allergie. Pas de promenade dans le froid ou sous la pluie, pour faire faire les besoins. Pas de risque d'être bloqué, car le chien est malade.

Avez-vous tout bien compris, avez-vous des questions ? demanda le jeune ingénieur.

- Le produit est-il déjà capable de faire tout ce que vous dites ou est-ce encore en évolution ? demanda un commercial peu optimiste.

- Louis et notre Président, peuvent vous le confirmer : Ariane est capable de vous guider, de réserver dans le meilleur restaurant de la ville où vous êtes en séjour. Elle est également capable d'appeler les secours, si vous le demandez ou si vous êtes porteur d'un dispositif de contrôle de votre tension et de votre rythme cardiaque.

- Voilà une présentation qui me semble claire ! Christophe et Louis, serez-vous joignables malgré le décalage horaire, lorsque nous serons là-bas ? demanda le grand patron.

- Nous sommes professionnels et nous vivrons au rythme du C.E.S. pendant le temps d'installation du stand et les trois jours du salon, dit Louis qui venait de comprendre que Christophe et lui ne seraient pas du voyage.

- Très bien… Nous pouvons donc conclure cette réunion et nous mettre en ordre de bataille pour le salon ! dit le grand patron.

Christophe et Louis furent déçus de ne pas pouvoir montrer eux-mêmes les qualités de leur création. En effet, ils n'étaient pas des commerciaux, mais le patron l'avait bien dit, *« qui de mieux que Christophe pour présenter Ariane ? »* Ce manque de considération les peinait vraiment, ils avaient travaillé comme des forçats, sans compter leurs heures, et cela dans le seul but de présenter la meilleure version d'Ariane.

Il était clair qu'en travaillant pour une société, les deux hommes ne seraient que des petites mains, telles des abeilles qui travaillaient pour que la reine en retire tout le profit. Leurs créations seront toujours reprises au compte de l'entreprise, Christophe et Louis seraient toujours relégués aux anonymes. S'ils souhaitaient connaître la reconnaissance des utilisateurs de leurs créations, ils devaient créer leur société et comme Louis avait signé une clause de non-concurrence avec cette holding, ils devaient trouver comment mettre en avant leur savoir-faire, leurs expériences professionnelles et personnelles. Après des jours où chacun émit des suggestions, ils trouvèrent un créneau où ils étaient plus que crédibles. Créer des solutions pour aider les personnes handicapées. Il fallait un nom et avec l'aide de la famille, un jeu de mot a été trouvé : *« Louis à l'écoute de votre handicap »*.

Les deux hommes avaient un atelier à leur domicile, mais avant de se lancer dans le grand bain de l'entreprenariat, ils devaient attendre la fin des travaux de mise en conformité de celui-ci, établir un business plan, créer la société et surtout rassembler un maximum de fonds propres. Avec l'aide d'Annette, Louis et Christophe mirent en place la première partie de leur futur plan de carrière.

La société familiale

En moins d'une année, Annette réussit à déposer le nom de la société, à faire le business plan avec une étude de marché, à monter le dossier de financement auprès de la banque qui accueillait le compte de l'entreprise et a même obtenu un soutien financier de la part du département. Mais ce qui rendait le plus fière Annette, c'est ce qu'elle avait fait du hangar. Il était devenu un merveilleux local réparti en un grand atelier, avec un secteur dédié à la programmation, une pièce ventilée pour les serveurs et un bureau indépendant mais permettant de communiquer avec l'atelier.

Christophe, n'ayant pas souhaité prolonger son contrat après la présentation d'Ariane, se consacra pleinement à la société. La communication et la recherche de clients, n'étant pas si faciles, Annette dut se consacrer à mi-temps à la société. Elle devint la secrétaire, la commerciale et la comptable de l'entreprise. Elle obtint des articles dans les journaux locaux, des rendez-vous avec les ergothérapeutes des centres de rééducation du département et le plus beau coup de projecteur fut la rencontre avec un athlète devenu récemment tétraplégique suite à un accident de ski, qui souhaitait que la maison qu'il allait faire construire soit équipée pour lui faciliter le quotidien.

Louis, Christophe et Annette organisèrent une réunion avec leur client et l'architecte du projet. Ensemble, ils notèrent les souhaits du client et prirent des mensures de lui sur et hors de son fauteuil roulant. Christophe sentit que le client se limitait dans ses demandes, alors il lui dit :

- Je sens que vous vous limitez ! Pas de tabou ! Mettez-vous à nu, de toute façon, je ne le verrai pas !

- J'aime votre humour, mais je ne suis pas encore détendu sur le sujet qui me préoccupe !
- Le sexe ? dit Annette sous le regard étonné de l'architecte.
- En effet, depuis mon accident, je n'ai pas connu de rapprochement avec une femme ou un homme et j'ai la crainte d'être un poids pour une relation.
- Ma compagne est paraplégique et comme elle, si vous souhaitez retrouver une vie intime, nous allons chercher et vous installer un système vous permettant de prendre du plaisir seul ou à plusieurs.
L'architecte devra prévoir une dalle au plafond afin que nous puissions installer des rails du lit jusqu'à la salle de bain.
Il faudra prévoir des volets électriques qui seront gérés par une centrale domotique.
La porte d'entrée sera motorisée et, grâce à une caméra présente à l'extérieur, la reconnaissance faciale la déverrouillera et l'ouvrira. L'ensemble des commandes d'ouverture, d'alarme et autres, pourra être géré par une application ou vocalement.
- Pourriez-vous me transmettre un projet chiffré ? Je vous enverrais mes modifications et dès validation. Je compte sur monsieur l'architecte pour intégrer vos demandes dans ses plans !

Annette, Louis et Christophe retournèrent à l'entreprise pour commencer à établir leur projet selon les volontés du client et faire des recherches sur les accessoires d'aide au plaisir solitaire ou à plusieurs, lorsque l'on ne pouvait utiliser pleinement ses mains et en n'ayant pas l'usage de ses jambes. Mais pour ne pas faire d'erreur, ils demandèrent à Laurie de rencontrer leur client pour définir les moyens à mettre en place pour retrouver une sexualité.

<u>Un homme handicapé,</u>
<u>Mais avant tout un homme</u>

La jolie jeune femme à la peau hâlée, après avoir pris rendez-vous, se rendit au domicile de l'athlète handicapé et lorsque celui-ci ouvrit la porte, il eut un choc : elle était si belle dans sa belle robe bleue mettant en valeur ses atouts physiques, qu'il fut triste de lui présenter une version affaiblie de lui-même. En entrant, elle découvrit un appartement très impersonnel et dont les équipements médicaux, trop visibles, le rendait plus proche d'un hôpital que d'un logement.

Après s'être assise sur le fauteuil en face de l'homme tétraplégique, elle s'adressa à lui :

- Je me présente, Laurie, kinésithérapeute. J'aide les personnes handicapées à redécouvrir leur corps par les caresses et parfois plus !

- Erik Gleiten, j'étais un sportif professionnel en tir et en escalade. Suite à un accident de ski, je suis devenu tétraplégique C7 et donc, pour moi, ma vie d'avant est terminée ! Dit-il avec amertume.

- En effet, vous n'êtes plus valide, mais votre vie n'est pas terminée. Vous pouvez refaire du tir avec des adaptations et si vous le voulez, le sport adapté existe et je peux vous orienter vers les bonnes structures !

- Je vous remercie pour votre soutien, mais jusqu'à l'accident, l'exercice physique ne m'apportait pas que du bien-être, il m'avait permis de me créer un corps qui avait attiré des partenaires financiers et sexuels.

- Je ne vous promets pas de retrouver le corps que vous aviez, mais rien ne vous empêche de retrouver une vie intime et là aussi, je peux vous aider à redécouvrir votre corps, ce que vous êtes capable d'offrir comme plaisir à un partenaire et surtout apprendre que la jouissance n'est pas seulement mécanique, mais peut aussi être cérébrale.

- Je vous fais confiance sur bien des points, mais j'ai un doute sur mes capacités à offrir du plaisir à quelqu'un. Si nous devons être plus proches, je vous propose que nous nous tutoyions ?

- Je pense aussi que cela sera plus aisé que nous nous tutoyions, surtout que le réapprentissage de la sensualité va se faire sur plusieurs semaines.

Laurie se rendit chez Erik, tous les mardis après-midi. Le premier rendez-vous servit à détecter les zones encore sensibles de ce corps handicapé. Le second fut basé sur les sensations ressenties au niveau de ces parties : elles furent caressées, embrassées, chatouillées avec une plume et même parfois agacées avec les dents. La troisième rencontre fut consacrée à mieux connaître la vie sexuelle d'Erik avant l'accident. L'homme raconta son attirance pour les deux sexes et le plaisir qu'il avait de déguster le sexe d'une femme ou de pénétrer l'anus d'un homme, une bisexualité qui lui avait permis d'avoir de nombreux partenaires et même parfois de partager le lit d'un couple, pour un triolisme où la seule femme n'avait pas eu à se plaindre, car même lorsqu'il sodomisait l'homme, celui-ci pénétrait sa femme. Erik aimait le sexe, il avait rencontré de nombreuses personnes avec qui il avait expérimenté le sexe sans tabou, en n'étant jamais passif et parfois même dans des orgies dignes de celles d'Alcibiade[16]. Laurie prit des notes et se retrouva dans la bisexualité de cet homme, mais elle se sentait vraiment prude par rapport à lui et pourtant, elle se pensait déjà très ouverte sexuellement.

La semaine suivante, Laurie revint habillée d'une robe bleue tellement proche de son corps qu'Erik ne pouvait pas ignorer ce que portait la jolie femme. Il voyait distinctement la trace d'un tanga et d'un soutien-gorge, mais ce qui l'intrigua, c'était que la forme de ses tétons soit si visible à travers le tissu. Elle le regarda droit dans les yeux et lui dit avec un sourire mutin :

- Aujourd'hui, tu vas réapprendre à déshabiller une femme, à la caresser et nous verrons si nous avons le temps d'approfondir !

Laurie prit une chaise, sur laquelle elle s'assit en mettant sa poitrine sur le dossier. Erik s'approcha de son dos et il se rendit compte de la difficulté pour lui de déboutonner le haut de cette robe et de descendre la fermeture éclair. Laurie le rassura, lui dit de prendre son temps et de se servir de sa bouche pour sensuellement arriver à ses fins.

Erik embrassa le cou de la jolie Brune, prit le bouton entre ses lèvres, s'aida de sa langue pour le défaire et avec ses dents, il réussit à descendre la fermeture. Lorsqu'Erik interrompit sa progression pour éviter de chuter de son fauteuil, il embrassa et caressa la peau nue de la thérapeute. Cette dernière attendit un instant et se releva progressivement, jusqu'au moment où la robe tomba au sol, dévoilant les formes plantureuses de Laurie, cachées seulement par un mince tanga bleu et le soutien-gorge assorti, dont il ne vit que les bretelles, mais aucune fermeture.

---

[16] Alcibiade est un homme d'État athénien (vers 450-404 avant J.-C.)

Erik ne put se retenir de caresser et embrasser les jolies fesses qui se trouvaient sous ses yeux. C'est alors que Laurie lui dit :

- Il ne reste plus que ma lingerie à retirer, à toi de voir comment faire !

La jeune femme, en mettant au défi Erik, réveilla le compétiteur et celui-ci prit un plaisir à passer ses pouces sous l'élastique et à baisser la dernière barrière entre lui et le sexe de Laurie, dévoilant tout d'abord l'intégralité du séant de la demoiselle, puis son merveilleux sexe doré par le soleil et aussi lisse qu'un œuf. L'absence de marque lui fit penser qu'elle était adepte des cabines de bronzage ou qu'elle offrait son corps nu aux doux rayons du soleil.

En relevant les yeux, il comprit pourquoi les tétons de Laurie étaient si visibles sous le tissu de sa robe : elle portait un soutien-gorge spécial, un redresse-seins qui ne couvrait pas la généreuse poitrine qu'il avait sous ses yeux. Il approcha ses mains pour les caresser et vit, au centre du buste, les attaches du carcan. Erik fit glisser ses mains sur les seins de Laurie, passa ses pouces sous le vêtement et réussit à faire céder les agrafes. Le corps de la demoiselle était digne d'une statue d'Aphrodite, à la seule différence que le corps de Laurie était tendre et hâlé.

La thérapeute l'invita à parcourir son corps et à découvrir les sensations qu'il pouvait offrir sans utiliser son sexe. Erik ne se fit pas prier et ses mains parcoururent la croupe de la jeune femme, alors que sa bouche se posait sur l'un de ses seins, agaçant le téton avec sa langue et ses dents. Laurie ouvrit la bouche pour faire savoir qu'il apprenait vite et l'une des mains de l'athlète passa sur le sexe de la demoiselle, son pouce parcourut ses grandes lèvres et après un court instant, s'insinua entre celles-ci. En remontant, il atteignit un bouton déjà sorti de son capuchon. Laurie émit un son signifiant que l'homme avait trouvé son clitoris, ce qui donna plus confiance à Erik, qui sans s'arrêter de s'occuper de la poitrine de la demoiselle, caressa de son pouce son clitoris. Laurie ne mit pas longtemps à gémir et exploser dans un orgasme, libérant beaucoup de cyprine, arrosant la main de son masturbateur, qui porta ses doigts sous son nez et suça son pouce pour sentir et déguster les eaux de jouissance.

Laurie se rhabilla et proposa à Erik de venir accompagnée la semaine suivante afin d'évoluer dans sa rééducation sensuelle et sexuelle. La demoiselle étant devenue source de fantasme pour lui, Erik lui signifia son accord et la raccompagna jusqu'à la porte de son logement, un appartement qui lui paraissait moins lugubre qu'avant sa rencontre avec la thérapeute.

Le mardi suivant, Erik avait préparé le rendez-vous, il avait acheté une pompe à vide pour obtenir une érection et, si cela ne fonctionnait pas, il s'était fait prescrire une boîte de préparation injectable pour mettre dans sa verge. Lorsque la sonnerie retentit à la porte, il crut que son cœur allait sortir de sa poitrine à cause de l'excitation de découvrir qui accompagnait Laurie. En ouvrant, il vit une grande femme rousse d'une cinquantaine d'années, avec des rondeurs moulées dans un jean et un chemisier rouge. Elle n'était pas vraiment le type de femme qu'il aurait regardé avant son accident et pourtant, elle dégageait une certaine sensualité, il ressentit du désir pour elle. Laurie dit alors :

- Bonjour Erik. Je te présente Alice, une collègue de travail qui veut bien nous aider dans la réappropriation de ton corps. Alice est célibataire et n'a pas d'enfant, tout le contraire de moi.

- Je suis désolé, depuis le temps que nous nous voyons, je ne t'ai jamais demandé si tu avais une vie de famille. J'espère ne pas t'avoir mis dans une situation embarrassante avec ton mari, dit Erik.
- Je suis comme toi bisexuelle, je vis avec une femme et ensemble, nous avons une fille issue d'une procréation in-vivo avec notre ami et colocataire hétéro.
- Moi, dit Alice, je suis une hétéro au plus profond de mon corps et si tu le veux, je pourrais te le faire découvrir !
- Doucement, Alice ! Il nous faut d'abord emmener notre ami dans sa chambre et ensuite nous verrons.

Les deux femmes conduisirent Erik dans sa chambre, l'installèrent sur son lit et lui relevèrent le dossier afin qu'il put profiter du spectacle qu'elles allèrent lui offrir. Elles commencèrent à se dévêtir. Laurie enleva son tee-shirt à l'effigie d'un groupe de rock, dévoilant un soutien-gorge framboise. Quant à Alice, elle déboutonna son chemisier sous lequel ses seins étaient libres de toute entrave. Malgré le temps et son volume, sa poitrine se maintenait. Deux beaux melons d'une couleur laiteuse, couverts comme son visage d'éphélides et où deux gros tétons roses appelaient à être cajolés. Alice s'approcha d'Erik, lui présenta ses appendices, celui-ci ouvrit la bouche pour goûter à ces beaux fruits et flatta les tétons. Laurie en profita pour passer ses mains autour de la taille de sa collègue afin de la libérer de son jean sous lequel elle n'avait qu'une toison rousse qui protégeait sa vulve.

Alice enjamba le visage de l'athlète handicapé pour lui présenter son sexe. Il vit alors les grandes lèvres sur lesquelles il y avait quelques grains de beauté, des petites lèvres charnues, dépassant légèrement, telles deux pétales de rose et ce qui attira son regard, c'est le gland de son clitoris gorgé de sang et aussi long qu'une de ses phalanges. Il ne résista pas à sortir sa langue et à la faire parcourir le long des lèvres intimes, à la faire pointer pour rentrer à l'intérieur de son vagin et remonta vers son clitoris, qu'il lécha avec insistance et suça avec passion, prodiguant rapidement un orgasme à Alice.

Laurie, pendant que les deux autres étaient très occupés, découvrit le sac contenant les achats d'Erik. Elle prit la pompe-à-vide pour stimuler le sexe de l'homme, mais vu l'absence de résultat, elle se permit de prendre la boîte d'Edex et injecta l'une des préparations dans la verge, qui au bout de quelques minutes se leva présentant une magnifique érection, sur laquelle Alice vint s'empaler après l'avoir recouverte d'un préservatif. L'athlète en tir sportif vit que maintenant, il pourrait toujours être dans la cible, si la personne dirigeait son canon de chair. Il profita qu'Alice soit au-dessus de lui pour faire parcourir ses mains sur son corps et mit l'un de ses pouces sur la partie visible de son clitoris. Cette double stimulation fit jouir son amante.

Laurie n'était pas restée inactive pendant les ébats des deux autres et lorsqu'ils revinrent à eux, ils virent qu'elle avait déboutonné son pantalon et glissé une main dans sa culotte. La scène l'avait tellement excitée qu'elle n'avait pu se retenir de se faire plaisir. Voyant qu'ils la regardaient, elle dit à Erik :

- Tu vois que même en étant handicapé, tu peux donner du plaisir et provoquer le désir à une personne qui te voit copuler !

- Merci à vous deux pour m'avoir montré qu'il existe des possibilités de prendre et de donner du plaisir. Vous m'avez

rendu un peu de fierté. Je ne pensais même pas pouvoir retoucher le corps nu d'une personne, alors avoir des rapports sexuels, cela me semblait un doux rêve.
Alice ! J'espère que je ne t'ai pas déçue ?

- Déçue ? Demanda Alice avec étonnement, Tu m'as offert deux orgasmes, soit deux de plus que certains hommes qui ne sont normalement pas handicapés, mais qui ne savent pas trouver les zones sensibles de leurs partenaires !

Tous trois rirent du constat qu'avait fait Alice. Les deux femmes rhabillèrent Erik, avant d'en faire autant. Ensuite, ils allèrent dans le salon pour parler de la suite. Laurie informa Erik que c'était la dernière fois qu'elle venait le voir, car elle n'avait plus rien à lui apprendre ou à lui faire découvrir. L'homme sembla déçu, mais Alice lui redonna le sourire en lui proposant de lui rendre visite de temps en temps. Les deux femmes durent partir et laissèrent derrière elles un homme souriant qui venait de découvrir que le plaisir n'était pas que physique, mais qu'il pouvait être ressenti dans celui que l'on donnait à son ou sa partenaire.

Laurie partit faire son rapport d'expérience à Annette, en n'oubliant aucun détail, et fit ses recommandations pour la réalisation de la future résidence d'Erik. Elle ne trouva pas utile de lui faire acheter des accessoires ou des stimulateurs péniens, car il était insensible à cet endroit. Par contre, s'il souhaitait se sentir plus actif dans sa sexualité, il serait bon de prendre l'IntimateRider de chez HandiJoy et, en plus, il pourrait obtenir une aide de la MDPH[17].

---

[17] *MDPH : Maison Départementale pour les Personnes Handicapées*

Il faudra mettre en place des rails au plafond pour lui permettre d'être transféré de sa chambre à la salle de bain attenante et voir avec lui s'il souhaite mettre une piscine dans le futur et donc prééquiper l'extérieur en sortie électrique. Comme l'avaient prévu Christophe et Louis, le logement devra être équipé d'un maximum d'aides techniques pour compenser les difficultés d'Erik.

Afin d'obtenir des aides financières, il fallait faire intervenir une ergothérapeute qui réalisera un bilan pour la MDPH et les autres aides possibles. Du fait qu'Erik se rendait trois fois par semaine à la clinique de rééducation, les professionnels de l'établissement feront le nécessaire.

Un premier projet qui démontre un savoir faire

D'après les recommandations de Laurie et les informations recueillies auprès d'Erik, Annette, Louis et Christophe établirent une liste d'éléments à intégrer dans la future maison de leur client, où et comment ces éléments devraient être installés dans le logement. Ils prévirent de demander à l'architecte de mettre une vraie dalle en béton entre le rez-de-chaussée et le premier étage, afin de pouvoir installer les rails au plafond. Ils demandèrent de créer une pièce spéciale pour mettre en place une baie de brassage et un serveur, pour gérer la domotique prévue pour pallier le handicap de leur client.

Louis et Christophe mirent au point une intelligence artificielle se servant des caméras présentes à l'intérieur et à l'extérieur du logement pour ouvrir les portes et les déverrouiller par reconnaissance faciale. Ainsi Erik, ses soignants et les personnes autorisées, accèderont plus aisément à la maison.

Annette rappela que le client souhaitait, même s'il n'osait l'espérer, retrouver une sexualité et d'après les conclusions de Laurie, la seule barrière était la mise en place de moyens adaptés... il faudra créer une pièce aménagée pour le plaisir. Les trois amis souhaitèrent que l'architecte prévoit un sous-sol complet, où un lève-personne sur rails permettrait à Erik de se transférer sur un grand lit où il y aurait des coussins spéciaux, ou dans un grand jacuzzi avec une place adaptée à son handicap. La pièce étant vaste, elle pourra être décorée avec soin et accueillera, si le client le désire, d'autres éléments consacrés au plaisir. Cette « Love Room » ne devra pas lui faire ressentir son handicap.

L'architecte, après avoir reçu l'accord d'Erik sur les modifications qu'il devait apporter, mit à jour les plans de la maison, contacta des entrepreneurs locaux pour réaliser le projet et lança les travaux.

Presque une année plus tard, la maison fut livrée à Erik et il accepta que soit filmée sa découverte des lieux, afin de faire de la publicité à la jeune entreprise. Pour ce faire, Annette, qui avait un couple d'amis photographe et réalisateur, les convia pour immortaliser l'instant.

Lorsqu'Erik approcha de la porte d'entrée, celle-ci s'ouvrit et une voix de femme lui dit :

- Bienvenu Erik, alarme intérieure off !

L'homme fut agréablement surpris et lorsqu'il entra dans le salon, Louis lui expliqua que l'ensemble des commandes de domotique, en plus d'être gérables depuis son smartphone ou sa tablette, étaient pilotables par la voix grâce à Lya, une intelligence artificielle créée par leur société. Il suffisait de l'interpeller et de lui dicter une commande ou une information pour obtenir une action ou un renseignement.

Erik fut invité à continuer de découvrir sa maison, il fit coulisser une porte qui leva le voile sur sa suite, composée d'une grande chambre lumineuse par la présence d'une grande baie vitrée dans laquelle il pouvait circuler librement et d'une grande salle de bain avec une douche immense avec également une baie vitrée fixe. Les parois vitrées des deux pièces pouvaient s'opacifier sous l'effet d'un courant électrique. Le plafond entre ces deux pièces était équipé d'un rail servant au lève-personne.

Annette invita le client à découvrir la pièce secrète qu'ils avaient conçue. Pour cela, il lui fallut dire « Lya ! Ouvres la Love-

Room » et un mur à côté de son lit s'ouvrit, laissant apparaître un escalier en colimaçon au centre duquel se trouvait un ascenseur pour lui permettre d'accéder au sous-sol. Il monta dans l'ascenseur pour retrouver l'équipe et lorsqu'il vit la pièce entièrement carrelée, il s'émerveilla comme un enfant devant le sapin de Noël. L'éclairage, les couleurs aux teintes orangées, les peintures représentant des scènes du Kâma-Sûtra et les nombreux miroirs, dont plusieurs autour et au-dessus du grand lit, donnaient un esprit de luxure à cette pièce. Erik vit le spacieux jacuzzi et l'immense douche qui étaient dans le prolongement et aucun mur ou autre paroi ne faisait barrière pour s'admirer ou se déplacer. L'ensemble de la pièce disposait d'un dispositif permettant les transferts et l'utilisation des éléments dédiés au plaisir, tels que la balançoire spécialement conçue pour lui permettre de pénétrer sa ou son partenaire. De nombreux autres sex-toys étaient installés dans la Love Room, mais Annette, en bonne commerciale, lui remit un catalogue d'un célèbre vendeur d'objets dédiés au plaisir et lui dit que s'il avait besoin d'aménagements spécifiques, leur société serait toujours à ses côtés.

Après avoir fait découvrir l'ensemble de sa maison à leur client, les trois amis, accompagnés de la photographe et du réalisateur, retournèrent au bureau pour mettre en place une stratégie de communication.

La semaine suivante, sur le site et les réseaux sociaux de l'entreprise, au côté de petites réalisations déjà faites, Annette posta des photographies et de courtes vidéos du projet à la réalisation de la maison d'Erik, sans oublier ses réactions à la découverte de chaque pièce de son logement. La Love Room ne fut pas montrée dans son intégralité, le côté portant sur la sexualité a été supprimé et seul le côté pièce cachée avec jacuzzi de rêve et douche improbable fut conservé et mis en avant.

 La communication et les avis positifs des clients firent décoller la petite structure, les commandes se succédèrent et dans l'année qui suivit, Louis et Annette durent se consacrer à plein temps à la société. Un technicien fut recruté pour assister Louis, dans l'atelier et sur le terrain. *Louis à l'écoute de votre handicap* devint une entreprise réputée dans son domaine et de nombreuses personnes handicapées et même n'ayant pas de handicap firent appel à eux pour aménager, moderniser et même participer à la réalisation des plans de projets immobiliers.

Jade a bien grandi

Deux ans après l'achat du corps de ferme, deux maisons avaient été jumelées à chaque extrémité de la bâtisse existante, l'une pour les deux mamans et la petite Ève et l'autre adaptée aux handicaps d'Aline et Christophe, laissant à Annette et Louis le bâtiment principal où ils s'installèrent au rez-de-chaussée, permettant à Jade, devenue une jeune femme de dix-huit ans, d'avoir sa salle de bain.

Jade, ayant réussi son baccalauréat en Comptabilité et Gestion, décida de poursuivre ses études en alternance avec un poste de comptable dans une entreprise locale créant des piscines de grandes tailles. Le plus gros client de la société était un groupement de campings naturistes et souvent, lorsqu'elle établissait les dossiers comptables, Jade recevait des remerciements accompagnés de photographies prises lorsque les installations étaient utilisées par des personnes aussi peu vêtues qu'à leurs naissances. Un jour de fin d'année, elle reçut un calendrier des plus inattendus. Pour chaque mois, il y avait une photographie représentant des personnes nues au sein des campings du groupe et sur celle du mois d'août, il était inscrit *« Votre société étant fermée tout le mois, nous serions ravis de vous faire découvrir l'un de nos établissements. Choisissez l'un d'eux et venez avec un accompagnant, vous serez nos invités. »*

Lors de sa formation, Jade avait sympathisé avec Victoire, une jeune femme qui avait dû subir une amputation en dessous du genou gauche suite à un ostéosarcome à l'adolescence. Elle savait que son amie n'avait jamais quitté la région grenobloise et ce fut pourquoi elle pensa l'inviter à l'accompagner. Elle téléphona donc à Victoire :

- Vic ! C'est Jade ! J'ai une proposition à te faire !

- Salut Jade ! Je t'écoute !
- Que fais-tu la deuxième semaine du mois d'août ?
- Rien, comme chaque année à la même période, ma société sera fermée ! Pourquoi, tu as un bon plan ?
- Un client me propose de venir une semaine dans l'un de ses campings et, en plus, j'ai le droit d'inviter une personne ! J'ai donc pensé à toi !
- C'est top ! Mais tu sembles douter que je veuille venir avec toi ?
- Mon client gère des campings naturistes et donc serais-tu partante ?
- Si c'est le seul moyen de sortir de mon trou, je suis prête à me mettre nue. Mais tu ne seras pas gênée de te balader au côté d'une femme nue avec une prothèse ?
- Ma chérie, je vis avec une femme en fauteuil roulant et un homme aveugle. Je les ai vus dans le plus simple appareil, donc je serai ravie de partir avec toi !
- Alors, nous partirons ensemble ! Je prendrai ma voiture !

La deuxième semaine d'août, Victoire et Jade arrivèrent au bord du Gard, dans un camping dont le nom rappelait une scène de la Bible, où, comme dans ce lieu, les personnes étaient nues. Elles prirent la voiture pour faire le trajet entre l'accueil et leur lieu de villégiature, où elles purent garer leur petit véhicule. Jade ouvrit le mobil-home composé de deux chambres et dans lesquelles les deux jeunes femmes s'engouffrèrent pour s'installer et se dévêtir.

Jade sortit la première de sa chambre et lorsque Victoire ouvrit sa porte, elle vit qu'elles étaient bien différentes. Elle était une petite brune aux cheveux longs, une silhouette ronde et voluptueuse avec de gros seins et un sexe entièrement épilé. Alors que son amie était une grande blonde, au corps musclé, avec des seins gros comme des pommes surplombés de deux petits tétons. Victoire arborait une légère toison blonde qui dissimulait difficilement son sexe. Les jeunes femmes se virent nues pour la première fois, mais aucune gêne ne fut ressentie et donc elles décidèrent de découvrir le camping.

Tout au long de leur déambulation dans les allées, Victoire et Jade étaient agréablement surprises par le fait de ne pas être détaillées par les personnes qui les croisaient. Aucune réaction à la vue de la prothèse de Victoire, à croire que c'était courant de voir une femme amputée. Depuis sa maladie et la perte de son membre inférieur, Victoire ne s'était jamais sentie aussi bien et, curieusement, il lui avait fallu être nue pour être apaisée.

Dans la piscine, Victoire, ayant retiré son appareillage, se mit contre le dos de Jade, offrant à son amie un repose tête entre ses deux globes de chair. Ce contact, bien qu'anodin, fut une première pour toutes les deux et la grande Blonde voulut se confier :

- Tu ne le sais peut-être pas, mais tu es la première à me voir nue, à part le personnel médical et ma maman !

- Une belle femme comme toi ? Tu as tout pour plaire !

- Tout ? Non ! Il me manque un morceau et c'est moche, non ?

- Tu ne dois pas penser que les personnes ne voient que ta différence.
Regardes ! Moi, je suis petite, avec des seins un peu trop gros et pourtant, j'attire les hommes et les femmes, il suffit de regarder.
- Tu es belle et même si je ne suis pas attirée par les femmes, je sais reconnaître une jolie femme !
- Si tu te regardes dans une glace, en oubliant que c'est toi, tu verras que tu es beaucoup plus canon que moi.
- Je me suis tellement focalisée sur mon handicap que j'en ai oublié de vivre mon adolescence et qu'aujourd'hui, je passe à côté de ma vie de jeune femme.
- Rassure-moi, tu as déjà vu un homme nu avant notre séjour ?
- Non, je n'avais jusqu'alors aucune expérience visuelle de l'autre sexe, à part ceux vus dans mes livres d'anatomie. Je n'ai jamais regardé d'image ou de film pornographiques. Je suis donc vierge de corps et d'esprit, dit Victoire avant qu'elle et son amie se mirent à rire.
- Je vais te dire un secret, Aline, la femme paraplégique qui vit à côté de chez moi…
- Oui ?
- Elle ne connaissait rien aux hommes et son ex-petit copain l'a obligée à lui faire une fellation dans sa voiture et quand, par dégout, elle a recraché son sperme, il s'est énervé au volant de sa voiture et PAF, accident ! Après ça, la belle Rousse s'est retrouvée dans un carrosse un peu spécial.

- Oh, mince ! Et elle a refait confiance à un homme ?

- Pour être honnête, elle a appris à connaître son corps avec l'aide des deux autres femmes qui vivent avec nous et après avoir découvert le sexe lesbien, elle s'est ouverte à Christophe, son copain, qui possède une jolie canne et celle-ci ne sert pas à pallier sa cécité, dit Jade avec un large sourire.

- Attends, tu dis que tes voisines ont eu des relations sexuelles et que tu as déjà vu l'homme nu ?

- Oui ! Nous avons vécu ensemble pendant la construction des deux autres maisons et comme ils avaient pris l'habitude de ne pas verrouiller les portes dans leur ancien appartement, il m'est arrivé au début de les voir dans le plus simple appareil !

- Mais ta mère et son compagnon sont au courant de leur passé et de ce que tu as ensuite vu, lorsque vous avez cohabité ?

- Oui, ils ont même été et sont peut-être encore des membres actifs de leur cercle de plaisir ! Christophe est même le géniteur de la fille de Laurie et Géraldine-Marie !

- Si ce n'était pas déjà à moitié fait, je te dirais que tu me scies les pattes !

- Mais revenons à toi ! Quelle est ton expérience sexuelle ?

- Je lis beaucoup d'histoires érotiques et j'ai appris à découvrir mon corps par des automassages, qui sont devenus des caresses et même quelquefois se sont finis en une masturbation, mais soit je ne savais pas le faire ou la culpabilité m'a empêchée de trouver du plaisir.

- Nous allons voir ça !

Jade, après avoir regardé que personne ne les voyait, passa sa main entre elle et son amie, la posa sur son sexe et commença à faire danser ses doigts. Victoire, bien que surprise par le contact, se laissa toucher par son amie, car elle souhaitait connaître ce qu'elle n'avait pas su faire. Le majeur de la petite Brune cajola la petite fente présente sous la fine toison blonde, effleura les petites lèvres, puis avec son index et son annulaire, elle écarta le sexe pour poser son majeur sur le clitoris de la jeune Blonde. Victoire ne put retenir un son marquant sa surprise, une agréable découverte qui s'accentua lorsque Jade flatta ce point sensible. Après une stimulation aussi intense que peu discrète, Victoire dut mordre dans l'épaule de sa bienfaitrice, pour ne pas ameuter tout le camping.

Après être redescendue sur Terre, Victoire remercia son amie pour cette formidable découverte et lorsqu'elle regarda autour d'elle, elle fut rassurée de ne pas voir d'autres campeurs. Elle s'approcha de l'oreille de Jade et lui dit :

- Merci de m'avoir montré que je ne suis pas insensible ! Je suis troublée par ce qui vient de se passer, je ne voudrais pas te blesser, mais je ne ressens pas d'attirance pour toi comme pour toute autre femme.

- Je ne suis pas non plus attirée par toi, dit Jade entre deux rires, je voulais juste te montrer que tu peux et que tu as le droit de prendre du plaisir, seule ou accompagnée.

- Tu n'attends donc rien de moi ?

- Bien sûr que j'attends quelque chose ! Que tu prennes conscience qu'il serait absurde que tu attendes le grand amour ou le mariage pour jouir des plaisirs de la vie ! Si j'en crois ma petite expérience et les confidences de nombreuses femmes, il n'est pas certain que tu atteignes les sommets de l'orgasme par la pénétration, et donc, comme le dit si bien le dicton :« on n'est jamais mieux servi que par soi-même ».

- Après une telle découverte, je ne vais pas pouvoir me résoudre à arrêter et, grâce à toi, je vais m'écarter de cette pression moralisatrice.

Les deux amies, enjouées, retournèrent à leur mobil-home pour prendre une douche et se préparer pour la soirée de bienvenue qu'organisait la direction du camping afin que les nouveaux arrivants rencontrent les estivants déjà présents et découvrent les activités proposées au sein du lieu de villégiature. La salle de bains, bien qu'exigüe, fut partagée par les deux jeunes femmes, l'une sous la douche et l'autre devant le miroir. Après avoir savonné son sexe bien plus que nécessaire, Jade ouvrit l'eau, prit la douchette, se rinça, puis dirigea son jet vers son clitoris et en peu de temps, elle exprima son orgasme, surprenant son amie, qui, les joues empourprées, la regarda intensément en se disant : « C'est donc comme cela que va se passer cette semaine. »

Pour se rendre à la soirée d'accueil, les deux jeunes femmes, étant dans un endroit naturiste et la canicule empêchant les nuits de se rafraîchir, optèrent pour deux robes légères sous lesquelles elles ne mirent aucun sous-vêtement. Si la frêle poitrine de Victoire pointait fièrement à travers la mince étoffe, celle de Jade subissait, par son poids, l'effet de l'attraction terrestre. C'est alors qu'un couple s'approcha d'elles et se présenta :

- Bonsoir, Jeanne ! Et voici mon frère jumeau, Jean ! Dit la femme aux cheveux noirs de jais et aux yeux bleus.

- Nous savons que cela semble être une blague, mais nos parents trouvaient normal que notre gémellité se ressente jusque dans nos prénoms ! Dit l'homme comme s'il était primordial de clarifier ce point.
- Jade, j'ai dix-huit ans et la jolie Blonde, c'est mon amie Victoire, qui a vingt ans.
- Nous, nous avons vingt-cinq ans et nous vivons ici depuis toujours, nos parents dirigent le camping.
- Nous sommes arrivées aujourd'hui, dit Victoire, et nous sommes des néophytes. C'était la première fois que je voyais mon amie nue et vous allez me prendre pour une extra-terrestre, mais c'était également la première fois que je voyais un homme dans le plus simple appareil.
- Nous allons donc vous faire découvrir notre quotidien dans ce lieu magnifique ! Dit Jeanne avec un beau sourire sur son visage bronzé.

La soirée se déroula merveilleusement bien entre les quatre jeunes gens, qui parlèrent ensemble comme s'ils se connaissaient depuis des années. Au point qu'ils furent quasiment les derniers à quitter la soirée et chacun retourna à son logement.

Dès le lendemain, les jumeaux allèrent chercher les deux amies pour les emmener près de la rivière s'écoulant au bas du camping où de nombreuses personnes se baignaient nues et bronzaient sur les galets polis par le courant. Victoire, derrière les verres polarisants de ses lunettes de soleil, détailla les corps intégralement bronzés et imberbes de leurs guides. Jean était un bel homme musclé avec un corps caramélisé par le soleil. Elle compara le corps de Jeanne à celui de son amie et bien que les deux femmes n'eurent pas la peau de la même teinte, elles arboraient des poitrines volumineuses et des sexes dont aucun poil ne dissimulait la forme de leurs lèvres. Elle se demanda si elle aussi devrait se séparer de sa toison blonde pour plaire.

Jade, qui commençait à connaître son amie, lui demanda ce qui la perturbait et Victoire se confia :

- Je vous regarde tous les trois, vous avez le sexe épilé et je me demande si je dois faire comme vous pour plaire !
- Tu ne dois pas faire comme les autres, tu dois être toi-même ! Dit Jade.
- Les naturistes ne sont pas forcément uniformes, dit Jeanne qui avait entendu les deux jeunes femmes, il existe des personnes tatouées, chauves, avec des piercings et même des vieux !
- Moi, je te trouve très belle telle que tu es ! dit Jean.

Victoire sourit et rougit en entendant le compliment du jeune homme. Pour la première fois, un homme lui faisait remarquer sa beauté et non sa différence. Son regard sur elle changea, elle s'aperçut que le regard des gens ne se limitait pas à son handicap, elle comprit également que chercher à ressembler aux autres femmes la rendrait banale et donc elle se décida à rester ainsi.

La semaine étant ensoleillée, le séjour se déroula merveilleusement bien pour Jade et Victoire. Chaque jour vers dix heures, après leur travail à la superette du camping, les jumeaux allaient chercher les deux amies pour se rendre ensemble au bord de la rivière. Puis ils déjeunaient ensemble, se séparaient le temps de faire une petite sieste, avant de se retrouver autour de la piscine. En fin de journée, le groupe se rhabilla pour dîner et profiter de la petite boîte de nuit du village naturiste.

Les jeunes gens s'amusèrent dans l'eau et régulièrement les corps nus se touchaient, ce qui émoustilla Victoire. Plusieurs fois, l'une des mains de Jean se posa sur ses seins, sur ses fesses et même sur son pubis, où il avait sûrement senti une certaine humidité qui n'était pas due à leurs activités nautiques. La demoiselle, dans le jeu, se permit de toucher le sexe de Jean, elle sentit l'organe réagir et grandir au contact de sa frêle main. Victoire ne put détourner le regard de la verge lorsque Jean sortit de l'eau, arborant un membre virile pointant fièrement vers le haut.

Victoire fut attirée par le corps, mais également par l'esprit de l'homme, une tentation qu'elle ne se permit pas de dévoiler clairement lors de cette semaine. Elle et Jade repartirent sans que Victoire n'ait su si ses sentiments étaient partagés par Jean. Malgré tout, les deux amies promirent aux jumeaux de revenir l'an prochain pour un long séjour dans le même mobil home, qu'elles avaient déjà réservé auprès des parents de Jean et Jeanne.

Les assises pour celui qui l'a mise assise

Près de cinq ans après l'accident, Aline fut convoquée par la cour d'assises qui allait juger Paul pour ce qu'il avait fait avant de briser la colonne et la vie de la jolie Rousse.

Le premier jour du procès, Aline, accompagnée de ses parents, de son compagnon et de ses amis, retrouva Maître Des Pins, son avocate et ensemble, ils attendirent dans la salle des pas perdus. Dans ce grand et large hall, la jolie Rousse n'eut aucun mal à repérer l'homme qui lui avait changé sa vie pour toujours. Paul et son avocat pensèrent être discrets en se positionnant derrière l'un des panneaux d'affichage, mais ils avaient sûrement oublié qu'une personne en fauteuil roulant a un champ de vision plus bas. Géraldine-Marie remarqua que le visage de son amie s'était assombri et en suivant le regard de celle-ci, elle comprit que la cause de ce trouble venait de l'homme caché par le panneau. Elle en déduisit que c'était Paul.

Après une attente qui leur sembla interminable, ils entrèrent dans la salle d'audience et bien qu'il était arrivé libre, Paul dut se mettre dans un box vitré, ce qui rassura Aline. L'avocat de la défense demanda le huis clos, ce qui lui fut refusé. Le procès commença et le greffier lut alors l'acte d'accusation :

- Monsieur Paul Huxe, vous êtes accusé de viol sur la personne de Mademoiselle Aline Marchand, pour avoir contraint Mademoiselle Aline Marchand à prendre votre sexe dans sa bouche et à pratiquer un acte sexuel, alors que vous aviez garé votre véhicule dans un sous-bois, empêchant ainsi toute personne de voir et surtout empêchant une éventuelle fuite de la victime.

- Monsieur Huxe, vous pouvez répondre aux questions qui vous seront posées lors de ce procès ou garder le silence ! Monsieur

Huxe, avez-vous compris de quoi vous êtes accusé ? demanda sèchement le Président de la cour d'assises.

- Oui, Monsieur ! J'ai compris ce qui m'est reproché et afin de vous démontrer mon innocence et que je sois acquitté, je vais répondre aux questions ! Dit Paul depuis son box.

- Bien, reconnaissez-vous avoir stationné votre véhicule dans un endroit reculé de la route ? Avez-vous ensuite sorti votre sexe et avez-vous imposé cette fellation à Mademoiselle Marchand ? Demanda le Président.

- Monsieur, je reconnais avoir garé ma voiture dans un endroit où je savais que nous ne serions pas dérangés et où nous n'allions pas imposer aux yeux de tous, des corps nus ! Dit Paul.
J'ai ensuite caressé Mademoiselle Marchand et comme elle ne se sentait pas de coïter dans l'habitacle, elle a sorti mon sexe et m'a prodigué une fellation ! Il n'y a pas eu de contrainte !

- Vous reconnaissez donc l'ensemble des faits sauf la contrainte ?

- En effet, nous avons eu un acte consenti, il fut bref et maladroit, mais il a été fait dans le respect du droit ! Dit Paul en regardant le Président.

- Je n'ai pas d'autres questions pour le moment. Je pense que les experts et les témoins vont pouvoir éclairer notre vision de ce qu'il s'est passé dans ce véhicule et également sur vos personnalités à vous et Mademoiselle Marchand.
J'appelle donc à la barre Mademoiselle Géraldine-Marie Le Quéré !

Géraldine-Marie approcha au centre de l'arène et le Président lui demanda de se présenter et de jurer de dire toute la vérité :

- Géraldine-Marie Le Quéré, psychologue clinicienne au centre de rééducation fonctionnelle Rocher de Lune. Je jure de dire la vérité, toute la vérité et rien que la vérité ! Dit-elle en levant la main droite.

- Mademoiselle, dit le Président, comment avez-vous rencontré Mademoiselle Marchand ?

- Elle a été admise dans notre établissement suite à l'accident qui lui a causé sa paralysie des membres inférieurs et lors d'un si lourd changement dans la vie et surtout lorsque le patient est si jeune, le protocole de l'établissement veut que je rencontre ces patients. J'ai donc tout naturellement reçu Mademoiselle Marchand en consultation.
Lors de la première séance, je lui ai demandé de m'expliquer qu'elle était la cause de son handicap et dans son récit des faits, dans ses explications, elle m'a fait part que Monsieur Huxe, ici dans le box, lui a intimé de lui faire une fellation, au bout de laquelle il ne l'a pas prévenue de l'arrivée de son éjaculation et s'est répandu dans la bouche de ma patiente. Étant écœurée par l'acte qu'elle venait de subir et le goût du sperme, elle a ouvert la portière et a recraché l'ensemble, ce qui a, selon Mademoiselle Marchand, énervé le conducteur, qui s'est mis à rouler à vive allure, jusqu'à la perte de contrôle et à l'accident qui lui a causé sa paraplégie.

- Mademoiselle Marchand vous a-t-elle dit qu'elle avait subi un viol ?

- Elle m'a ouvertement dit que l'acte avait été subi et contraint. Ce n'est que lorsque je lui ai demandé d'analyser les mots « acte sexuel », « pénétration non désirée » et « contrainte », qu'elle a mis le mot « VIOL » sur ce qu'elle avait subi.
- Merci, Mademoiselle Le Quéré ! Maître Des Pins, avez-vous des questions ?
- Non, Monsieur le Président !
- Maître Ascaris, avez-vous des questions ? Dit-il à l'avocat de la défense.
- Oui, Monsieur le Président !
- Mademoiselle Le Quéré, pouvez-vous nous dire quels sont vos liens avec Mademoiselle Marchand ? Dit l'avocat de la défense.
- Nous sommes devenues amies avec le temps ! dit Géraldine-Marie.
- Je vous rappelle que vous êtes sous serment. Où habitez-vous ?
- Nous sommes devenues voisines sur un terrain que nous avons acheté avec d'autres personnes !
- Dont le compagnon de Mademoiselle Marchand, qu'elle a rencontré dans l'établissement pour lequel vous travaillez et ce Monsieur est également le père de votre enfant. Ai-je bien résumé ? Demanda-t-il avec sarcasme.
- Mademoiselle Marchand a bien rencontré Christophe Braillès lors de son hospitalisation. Selon ce que je sais, il n'est devenu son compagnon que plus tard.

Pour ce qui concerne mon enfant, n'étant pas hétérosexuelle, j'ai eu recours à un don de gamètes de la part de cet homme. Il est le géniteur de l'enfant que j'ai porté, mais ma fille a deux mamans qui l'aiment et qui gèrent son éducation.

- Monsieur le Président, je n'ai plus d'autre question !
- Bien, Mademoiselle Le Quéré vous pouvez retourner vous asseoir ! dit le Président de la cours d'assises.

Lorsqu'elle retourna sur le banc, Géraldine-Marie montra son agacement après les questions sur sa vie privée, elle regarda les six jurés et se demanda si cet interrogatoire n'était pas délétère à Aline. Ses doutes et son inquiétude furent vite dissous par la venue de la lieutenante Talaron, qui déposa devant la cour.

La lieutenante Talaron expliqua qu'elle était intervenue au centre de rééducation afin de prendre la plainte d'Aline pour le viol dont elle aurait été la victime le jour de l'accident. Accident dont elle avait été reconnue précédemment victime par le tribunal correctionnel. Elle fit part de la recherche de traces génétiques sur les vêtements que portait Aline lors de l'accident et qui n'avaient pas quitté le sac dans lequel les urgentistes avaient déposés les affaires de la victime. Les experts scientifiques avaient retrouvé dessus des traces de spermes qui, après analyses, révélèrent être celles de Monsieur Paul Huxe. La policière fit part de son enquête, des expertises psychologiques de Paul et également d'Aline, puis les auditions des anciennes partenaires de Paul. À la suite de tout cela, elle avait auditionné le présumé coupable au centre pénitentiaire. Devant les preuves qui lui avaient été présentées, Paul avait reconnu avoir bénéficié d'une fellation de la part d'Aline, mais il avait dit que l'acte fut consenti. La lieutenante Talaron fit également part du comportement du prévenu avec les femmes, auxquelles il n'avait témoigné que peu de respect, s'arrogeant le droit de leur faire subir des actes sexuels sans vraiment se poser la question de leurs consentements et en cas de refus caractérisés ou de non soumission à ses désirs, Paul pouvait rentrer dans une colère qui entrainait parfois des comportements excessifs. Comme avec Aline, il avait fait le même scénario à l'une d'entre elles, stationnant son véhicule sur un chemin retiré de la route, lui intimant de lui faire une fellation. Elle lui avait refusé et l'arrivée d'un agriculteur sur le chemin avait fait partir Paul. Le conducteur était devenu un fou du volant, ne respectant plus aucune règle et, par chance, la passagère avait pu contacter ses proches par message ! Ceux-ci l'avaient récupérée lorsque l'homme l'avait déposée devant la cité universitaire.

L'avocat de Paul ne demanda pas à questionner la policière et lorsque les experts vinrent à la barre pour dire que Paul présentait un complexe de supériorité dû à son éducation ou à l'aisance financière de son père lui avait fait croire que tout pouvait se résoudre par l'argent. De plus, l'homme dépersonnalise la femme dans ses relations sexuelles, elles ne sont que des objets pour satisfaire son plaisir. Il ne considère pas utile de se préoccuper de leur volonté, ce qui laissa le collège d'experts conclure que Paul était un pervers narcissique et que sa consommation de stupéfiants avait aggravé son problème.

Le collège d'experts laissa la place aux femmes ayant partagé un moment dans la vie de Paul. Chacune raconta son histoire avec le prévenu et un schéma semblait apparaître. L'homme profitait d'un moment où personne ne pouvait être témoin de ses actes pour faire subir à ces femmes des rapports non désirés et lorsqu'il subissait un refus, il devenait agressif et semblait dangereux.

Jusqu'à ce jour, aucune d'elles n'avait osé porter plainte, car elles avaient peur de l'homme et du pouvoir financier de la famille de celui-ci. Elles témoignèrent également du fait que Paul était un fervent consommateur de films pornographiques très brutaux.

Maître Ascaris essaya de déstabiliser les témoins par des questions sur leurs sexualités à la période où elles disaient avoir eu des relations avec son client et quelles preuves pouvaient-elles apporter pour corroborer leurs propos. La dernière qui avait déposé lui expliqua que son client l'avait agressée le jour de ses vingt ans et que celui-ci l'avait filmée avec son téléphone. Compte tenu de son narcissisme, il avait certainement gardé la vidéo. L'avocat devint aussi blanc que le rabat de sa robe, il se retourna comme pour demander confirmation à son client et, devant l'absence de réaction de celui-ci, demanda une suspension d'audience pour s'entretenir avec son client.

À la reprise de l'audience, l'avocat de la défense fut moins acerbe et lorsqu'Aline déposa devant la Cour, il baissa la tête, l'écouta et ne demanda pas à la questionner, ce qui permit à la séance de se terminer avant vingt heures.

Le lendemain matin, la conseillère d'Aline fit sa plaidoirie :

- Tout au long de ces années, dit-elle en regardant le jury, Monsieur Huxe Paul a utilisé un mécanisme pervers, qui semble s'être arrêté le jour où, après avoir violé Mademoiselle Marchand, il a causé l'accident qui l'a privé de l'utilisation de ses jambes, dit-elle en désignant Aline.
  Mesdames et Messieurs, vous jugez aujourd'hui un homme qui semble avoir violé ma cliente et agressé les femmes qui ont témoigné devant vous. J'utilise le conditionnel, car il n'est pas jugé aujourd'hui pour ces faits et que pour la justice, il est

présumé innocent. Pour ces femmes, il est présumé coupable des faits qu'elles ont relatés.

Selon votre décision, vous allez permettre de mettre fin à des pratiques qui ont blessé physiquement et moralement ma cliente, mais également les femmes qui se sont succédé à cette barre. Vous avez la possibilité d'interrompre la spirale de l'horreur et vous pourrez également annoncer pendant combien d'années Monsieur Huxe ne sera plus un risque pour notre société.

L'avocate d'Aline revint à ses côtés, lui parla dans le creux de son oreille en lui passant la main sur l'omoplate pour lui montrer son soutien. Les journalistes présents pour relater le procès du fils prodige d'un grand industriel firent glisser leurs doigts sur les touches de leurs ordinateurs comme des virtuoses sur leurs claviers et les dessinateurs judiciaires figèrent sur le papier chaque moment marquant. Lorsque l'avocate générale prit la parole pour faire ses réquisitions, ces deux corps de métiers furent attentifs.

L'avocate générale s'adressa aux magistrats et aux six jurés. Elle fit un résumé de ces deux jours de procès, en mettant bien en exergue que la perversité de Paul l'avait amené à agresser des femmes et que ce jour-là, il était jugé pour avoir violé une jeune femme, car une pénétration buccale sous la contrainte était un viol ! De plus, Paul était sous l'effet de stupéfiants lorsqu'il avait commis ce crime, ce qui n'excusait pas son geste, mais aggravait plutôt son cas. Elle demanda alors qu'il soit condamné à une peine de dix années de réclusion criminelle assortie d'une inscription au fichier des auteurs d'infractions sexuelles ou violentes.

Maître Ascaris, le conseil de Paul, s'évertua dans sa plaidoirie à chercher à redorer l'image de son client, expliquant qu'il n'était plus l'homme qui, dans un accès de colère et sous l'emprise d'une addiction, avait commis un accident aux conséquences terribles. Il tenta de faire admettre aux jurés que son client n'avait jamais violé, mais que sa fougue avait pu faire croire à certaines femmes qu'il ne cherchait pas leur consentement. Il demanda aux jurés d'acquitter Paul, du fait que la parole d'Aline pouvait être remise en question, car ayant subi un traumatisme crânien lors de l'accident, sa mémoire a pu être atteinte.

Après la longue et pénible plaidoirie de son avocat, le Président demanda à Paul s'il avait une dernière déclaration à faire. Il se leva dans son box, faisant une diatribe sur son innocence et son incompréhension face à la volonté de ces femmes d'anéantir un homme qui peut-être les avait quittées maladroitement. Il supplia les jurés et la Cour de l'acquitter, car il n'avait jamais commis de tels faits envers Aline ou aucune autre femme. Puis, fidèle à lui-même et sans regarder ses potentielles victimes, il dit : « Elles souhaitent sûrement me pomper du fric, mais je ne peux que leur donner de mon liquide, car je suis à sec à cause de l'handicapée. » Cette dernière phrase fit bondir son avocat, qui regarda son client et ne put que réaliser que le mieux aurait été de demander à Paul de se taire. Le Président suspendit l'audience, le temps des délibérations du jury et de la Cour.

Deux heures de délibération furent nécessaires à une prise de décision et à l'unanimité, le jury reconnut Paul coupable du viol sur Aline. Il fut condamné à une peine de dix ans de réclusion criminelle, avec une injonction thérapeutique pour son addiction à la pornographie et son rapport aux femmes. En complément, son inscription au fichier des auteurs d'infractions sexuelles ou violentes serait effective. En entendant la sentence, Paul explosa de colère dans son box et proféra des injures envers le jury et menaça de représailles les femmes ayant témoigné. Les gendarmes présents aux côtés du prévenu lui mirent une main sur chaque épaule pour lui faire comprendre que la force restait à la loi et dans le même temps, le Président demanda au greffier de bien inscrire les insultes et surtout les menaces proférées. Il condamna Paul pour son outrage à une peine de six mois avec sursis et deux mille euros d'amende.

L'audience pénale terminée, le conseil d'Aline demanda un renvoi ultérieur pour une audience sur intérêts civils. Paul se fit mettre des bracelets métalliques et il sortit de son box entouré de deux gendarmes. Sur le parvis du tribunal, Aline ne put qu'être soulagée que Paul fut condamné.

Dix jours après le verdict de la cour d'assises, Paul n'ayant pas fait appel, il fut définitivement condamné et Aline put laisser Maître Des Pins, s'occuper du volet civil, car la présence de la jolie Rousse n'était pas indispensable à la prise de décision du tribunal.

Auto-nomie

À la suite du procès, Aline retourna à la fin de son internat, les mamans s'occupaient au maximum de la petite Ève qui grandissait à vue d'œil et le trio Annette, Louis et Christophe retrouva leur société qui était de plus en plus prospère.

Les entrepreneurs avaient un projet un peu fou et pour cela, ils achetèrent une Renault Zoé afin d'acquérir une voiture de taille raisonnable et produite dans l'hexagone. Ils commandèrent du matériel et travaillèrent intensément sur ce produit, tout en continuant de servir leurs clients. Christophe et Louis mirent une rampe de caméras et une antenne GPS sur le toit du véhicule et installèrent dans le coffre un ordinateur servant de calculateur pour gérer les informations envoyées par la Zoé et les capteurs ajoutés, permettant ainsi de prendre des décisions et de diriger la voiture.

Lorsque le projet fut assez abouti, Christophe se mit au volant. Louis, à côté de lui, connecta son ordinateur portable au calculateur afin de contrôler les problèmes pouvant être rencontrés par le véhicule lorsqu'il était en circulation. La voiture se comporta en circulation comme un chauffeur de maître : une conduite souple, une anticipation du trafic et un respect des règles routières. Le trajet se déroulait sans encombre, jusqu'à ce qu'un policier surgisse sur la voie de circulation, ordonnant au conducteur de s'arrêter et de se garer sur le bas-côté. Louis se demanda alors comment la voiture allait réagir, mais celle-ci informa les passagers qu'un contrôle de police lui intimait de se ranger sur le bas-côté, ce qu'elle fit et ouvrit la fenêtre du conducteur dès que le fonctionnaire arriva à la hauteur de la portière de Christophe.

Le policier salua Christophe et lui demanda son permis de conduire et les papiers du véhicule. Derrière les verres fumés de ses lunettes, Christophe lui remit les documents que lui donna Louis. L'agent inspecta les documents. Christophe était titulaire d'un permis français, il était donc valable à vie, car aucun contrôle médical obligatoire ne l'avait obligé à rendre le précieux sésame et il comptait bien en jouer autant que possible. Le fonctionnaire de police, en rendant les documents à Christophe, regarda les éléments présents sur le toit et demanda au conducteur :

- Monsieur ! À quoi servent les caméras présentes sur le toit de votre véhicule ?

- Les caméras et les autres éléments technologiques présents sur le toit, dit Christophe, couplés aux capteurs et calculateurs du véhicule, permettent à la voiture d'analyser la route, de lire les informations présentes sur la route et ainsi de permettre à l'ordinateur de prendre des décisions et de rendre la voiture autonome de niveau cinq.

- Vous étiez en phase de test lorsque je vous ai demandé de vous arrêter ? Avez-vous une autorisation de test sur route ouverte ?

- Oui et non, mon collègue relevait des données et je vous promets que dès que nous serons en phase de test routier, nous ferons les démarches auprès des autorités compétentes.

- Je note vos coordonnées et j'espère pour vous que vous allez faire les choses en règle. Sinon, je veillerai à ce que votre projet n'aboutisse jamais.
  Vous pouvez repartir et n'oubliez pas ce que je viens de vous dire, car moi, je ne vous louperais pas !

- Bien, Monsieur ! Bonne journée !

Christophe redémarra le véhicule, lui demanda de retourner à l'atelier, ce qu'elle fit avec toujours autant de précision et de délicatesse. Tout au long de la route, les deux amis parlèrent de ce contrôle de police, des risques pris lors de cet essai, mais surtout de l'épée de Damoclès de la justice, car ils n'avaient aucune autorisation pour rouler sur une route ouverte à la circulation. Malgré tout, Christophe et Louis ne retinrent que le bon comportement routier de la voiture, son étendue d'analyse et l'apothéose, la façon dont elle avait réagi face à un contrôle de police. Ils se dirent qu'ils avaient créé un joyau et que pour le rendre encore plus beau, il fallait obtenir le droit de faire circuler cette voiture.

Annette contacta un avocat en droit routier et ensemble, ils rencontrèrent des politiciens, des agents administratifs, des contrôleurs en tous genres. Après un long parcours juridique et administratif, la petite société fut autorisée à tester le véhicule.

Les tests avaient été si concluants qu'il n'était pas rare de voir Christophe partir seul avec le véhicule pour se rendre à ses rendez-vous. À chaque fois qu'une personne lui faisait part de son incompréhension à la vue d'une personne non voyante au volant d'une voiture, il montrait son permis, ce qui rendait ces personnes encore plus confuses.

C'est ainsi qu'après des mois de tests, des validations administratives européennes et une homologation du véhicule, les entrepreneurs convoquèrent sur une piste aménagée près de Lyon, les médias, les spécialistes de l'automobile et du handicap, pour leur présenter *Auto-nomie,* la voiture qui permettait à toute personne de se déplacer sans avoir à prendre le volant. Pour bien démontrer que le véhicule disposait déjà de toutes les capacités décrites par Annette lors de la conférence de présentation, Christophe s'installa derrière le volant et invita l'un des journalistes à s'asseoir sur le siège passager et ensemble, ils firent un tour de piste, durant lequel le véhicule dut gérer le passage de personnes sur la route, une perte d'adhérence due à l'eau présente sur le sol et enfin, un freinage d'urgence, car un ballon avait été jeté devant. La voiture se montra si époustouflante que toutes les personnes présentes demandèrent à faire un tour.

Les jours et les semaines suivantes, les médias internationaux, ayant vu les articles de leurs confrères et consœurs français, voulurent découvrir *Auto'nomie !* Des personnes riches ayant des problèmes de vue commandèrent des véhicules sans s'inquiéter du prix et se permirent même de demander d'ajouter du luxe et des fonctions spéciales à la voiture. Un chanteur américain non-voyant demanda une peinture bleu nuit métallisée, il voulut que les sigles de la marque fussent remplacés par son nom et à l'intérieur, il désira que tout fût recouvert de cuir beige avec des surpiqures rouges, de réduire au maximum les plastiques durs et ce, afin que le son du système hifi qu'il avait commandé, ne fût pas parasité. L'argent permettant des folies, l'équipe s'entoura de spécialistes en carrosserie, sellerie et hifi pour offrir à ce client le véhicule qu'il avait commandé et ainsi offrir une belle publicité à toutes les personnes ayant collaboré sur ce projet.

Premières vacances ensemble

Les mois passèrent si vite que pour fêter leur licence professionnelle, Jade et Victoire décidèrent de retourner au camping naturiste pour la troisième année consécutive. Victoire s'était rapprochée de Jean depuis le dernier séjour et il n'était pas rare que la jeune femme le rejoigne lors d'un long week-end ou pendant ses vacances.

La surprise fut totale lorsque Victoire proposa de convier Aline et Christophe, car ses expériences naturistes lui avaient permis d'oublier son handicap et qu'elle aimait l'idée que cela puisse être identique pour eux. Jade émit sa stupéfaction et dit avec ironie à son amie :

- Pourquoi ne proposerions-nous pas à Laurie, Géraldine-Marie et la petite Ève ? Et à ma mère et son chéri ?

- Pourquoi pas ! Tu m'as bien dit que depuis l'achat de la propriété, ils n'ont jamais pris de vacances ?

- Oui ! Mais je te rappelle qu'ils seront nus devant toi et toi devant eux !

- Je ne vois pas de problème à vivre une semaine ensemble et sans vêtements, et toi, ça te dérangerait ?

- Non, je les ai déjà vu nus et plus d'une fois, par contre eux vont découvrir mes rondeurs.

C'est ainsi que les deux jeunes femmes proposèrent à la grande famille de Jade de les accompagner pour une semaine dans un camping naturiste. Passé l'étonnement et après s'être renseigné sur l'accessibilité du lieu et la présence d'un mobil home pouvant accueillir Aline, la communauté se décida pour partir ensemble, mais dans trois logements. Le premier fut réservé pour les mamans et la petite Ève, le second pour les jeunes femmes et le troisième pour les deux autres couples. Victoire contacta Jean pour faire la réservation auprès de ses parents de trois bungalows dont un pour une personne à mobilité réduite.

Début août, le groupe arriva en début d'après-midi, dans un grand van et la voiture de Victoire. Jean vint les accueillir, surtout pour retrouver celle qui faisait battre son cœur. Le jeune homme accompagna chacun à son emplacement de villégiature et, après leur avoir expliqué le règlement du lieu, leur proposa de découvrir les spécialités locales lors de l'apéritif de bienvenue organisé par ses parents.

Quelques minutes après que Jean fut parti, Aline envoya un message groupé à la famille pour savoir quelle tenue convenable revêtir pour se rendre à la soirée. Les autres néophytes répondirent qu'ils avaient la même interrogation, mais après avoir bien ri avec Victoire, Jade expliqua qu'en journée, tout le monde était nu, mais que pour se rendre au restaurant et aux soirées, les personnes se couvraient un minimum. Voyant que sa dernière phrase n'était pas assez claire pour tous, elle dit que les sous-vêtements n'étaient pas obligatoires, elle finit son message par « *No Bra, No Panty* ». Elle ne reçut que de simples « *OK* », ce qui ne signifiait pas que la proposition d'allègement de tissu était acceptée.

Même si le groupe s'était déjà vu sans vêtements, il n'était pas inné de se retrouver nu dans les artères du camping et au milieu d'autres personnes. Si Christophe n'avait pas peur des regards inquisiteurs, Aline appréhendait les réactions des personnes qu'elle croiserait. Elle fut tout de même un peu rassurée lorsqu'elle vit arriver Victoire. La jeune femme blonde ne masquait pas plus sa prothèse que le reste de son anatomie. Aline lui demanda alors :

- Tu n'as jamais été gênée par le regard des autres personnes ?
- Dans la vie quotidienne, je suis une femme handicapée. Ici, je suis juste une femme parmi d'autres. Chacune a une différence et personne ne s'en préoccupe. La seule chose qui attire le regard, c'est les personnes qui restent habillées.
- Mon fauteuil est tout de même imposant !
- La canne de chair de Christophe aussi, dit Victoire avec malice, et pourtant, il peut déambuler partout où il le souhaite !
- Je suis aveugle mais pas sourd, même si j'ai toujours entendu que l'onanisme menait à la surdité !

Le groupe se mit à rire et dans la bonne humeur, les néophytes suivirent Victoire et Jade dans la découverte du lieu. Si la piscine ne semblait pas poser de problème d'accessibilité pour la jolie Rousse, elle vit que la plage de galet au bord de la rivière était impraticable pour elle. Elle ne voulut ni priver ses proches de cet endroit magnifique, ni demander à l'un d'eux de la porter. La peine se lisant sur le visage d'Aline, Louis lui proposa de la porter sur son dos, elle accrocherait ses bras autour de son cou et Laurie l'aiderait en la soutenant sous les fesses, ce qu'elle accepta.

Louis se baissa pour qu'Aline puisse s'agripper à son cou et coller sa poitrine dans son dos, Laurie passa ses mains sous les fesses de son amie, ses doigts touchant son intimité rougeoyante, permettant à l'homme de se relever et ensemble, ils allèrent au bord de l'eau où les attendait le reste de la troupe. Les mamans jouaient avec leur fille, pendant que les autres alternaient baignades, séances de bronzage et lecture de différents magazines, avec une nette préférence pour la presse people pour les deux jeunes amies.

En rentrant dans leurs bungalows respectifs, chacun fit une analyse de la journée qui venait de passer. Aline trouvait incroyable de pouvoir enfin vivre sa féminité sans attirer de regard. Louis dut admettre qu'il avait eu peur d'être en érection devant Jade et Victoire, mais que la nudité étant ici disjointe de la sexualité, il n'eut donc pas de problème, même s'il avait failli flancher en sentant les seins d'Aline entre ses omoplates. Christophe dit avoir apprécié de ne pas s'inquiéter du bon sens ou du style de ses vêtements. Les mamans apprécièrent de pouvoir offrir à leur fille, des vacances sans tabous et où personne ne les jugeait pour leur homoparentalité. Victoire félicita Jade pour son idée de convier sa nouvelle famille, même si au départ elle trouvait l'idée un peu loufoque. Jade acquiesça et lui fit admettre que de ce fait elle avait pu voir le bel organe de Christophe.

Le soir venu, le groupe rejoignit Jean et sa sœur Jeanne à l'accueil. Les hommes avaient revêtu des pantalons et des chemisettes en lin, quant aux femmes, elles avaient toutes enfilé de jolies robes s'arrêtant au-dessus des genoux. Au vu du sexe des hommes se baladant dans leurs pantalons, ainsi que de l'absence de marque à la taille des femmes et de leurs tétons pointant sous les fines étoffes, ils avaient sûrement suivi les recommandations de Jade et n'étaient pas congestionnés dans des vêtements devenus superflus.

Jean et Jeanne écoutèrent le récit de la journée de leurs convives. Ils demandèrent si Ève était avec les animateurs jeunesse et si la petite avait trouvé de quoi se divertir, ce à quoi les mamans acquiescèrent et racontèrent le bonheur de pouvoir jouer près de la rivière sans être entravées par un maillot de bain toujours humide. Christophe rebondit sur l'absence de maillot, pour ajouter que de ne pas porter de vêtement lui évitait aussi de les mettre à l'envers. Jean vit qu'Aline n'osait pas s'exprimer et lui rappela que pour faire évoluer le camping, il avait besoin des retours des clients, que ceux-ci furent positifs ou négatifs. Alors Aline lui fit part du problème :

- Avec mon fauteuil, je peux me déplacer dans les allées, me rendre à la piscine, au restaurant et au bar de nuit…

- Mais ? Dit le jeune homme.

- Mais lorsque nous avons souhaité découvrir ensemble la rivière et sa plage de galets, ne pouvant pas accéder, je me suis sentie exclue et également un boulet pour le groupe.

- Tu as donc dû faire demi-tour ?

- Louis m'a porté sur son dos et Laurie l'a aidé en me soulevant par les fesses !

- Je suis désolé d'apprendre ça, nous avons mis aux normes le camping selon les demandes du ministère, mais malheureusement pour toi, tu es notre première cliente en fauteuil roulant.
  Puis-je tout de même te demander un service ?

- Si je peux t'aider !

- Pourrais-tu me dire ce que nous devrions améliorer et comment faciliter la vie des personnes à mobilité réduite ?

- Je pourrais t'aider si cela ne m'empêche pas de profiter de mes vacances avec mes proches.
- Bien entendu, tu fais toutes les activités proposées par le camping, nous t'offrons celles qui ne sont pas comprises dans ton séjour ! La seule chose que nous voulons, c'est un retour d'expérience avec des photos et des vidéos de ce qu'il nous faudra faire évoluer !
- C'est d'accord, je vais être votre cliente testeuse ! Dit Aline avec un sourire radieux.

La soirée fut courte, car la fatigue de la route gagna le groupe, à l'exception de Jade et Victoire, la première car elle voulait danser et la seconde pour passer du temps dans les bras de Jean.

Le lendemain matin, Jade se réveilla seule dans le bungalow, Victoire ayant passé la nuit dans les draps de son bel amant à la peau dorée par le soleil. Nue comme à sa naissance, elle rejoignit le groupe devant le mobil-home de sa maman pour le petit-déjeuner. Annette essaya de questionner sa fille pour savoir où se trouvait Victoire et si celle-ci n'avait pas un souci, mais Ève avait déjà accaparé la jeune femme et elle put juste dire que Victoire devait encore se reposer de sa soirée de dure lutte avec son chéri.

Après s'être sustenté, la tribu prit la direction de la piscine, où Aline prit à cœur sa mission de testeuse, en faisant le tour du bassin, en faisant de courtes vidéos sur lesquelles elle fit des commentaires, puis ce fut au tour des sanitaires attenants. En retournant auprès des autres, elle sentit une main sur son épaule et entendit Victoire lui susurrer :

- Tu devrais protéger ta douce peau, sinon tu vas devenir plus rougeoyante que ta pilosité !
- Bonjour Victoire ! Tu as raison, cela m'offrira le plaisir de me faire masser le corps par l'un ou l'une d'entre vous.
- Si tu le veux, je peux t'aider ?
- Pourquoi pas, tu as des mains fines et vu que tu es une vraie blonde, comme Géraldine-Marie, tu dois connaître les peaux fragiles !
- J'ai remarqué que seules Géraldine-Marie, toi et moi, avons gardé des poils sur nos sexes. Même les hommes se sont épilés !
- C'est un défi que nous leur avons lancé, mais je peux t'assurer que c'est très agréable lors des fellations !
- Vu l'engin de Christophe, tu ne dois pas être gênée par sa pilosité !
- C'est sûr, mais pense à Louis.
- Tu veux dire pour Annette ?
- Non, Annette n'est pas la seule à profiter du membre de Louis. Laurie en profite aussi lors de soirées où la petite est gardée par Jade.
- Vous êtes donc libertins et Jade le sait !
- Nous ne sommes pas des libertins, nous sommes une communauté ouverte ! Je ne veux pas te choquer, mais lorsque tu mets le doigt dans le pot de confiture, tu te délectes de toutes ses saveurs !

Victoire ne sut quoi répondre et n'osa pas lui dire qu'elle avait déjà goûté au plaisir avec Jade, et ce, avant de le trouver dans les bras de Jean.

Aline et Victoire rejoignirent la tribu au bord du bassin. Jade réussit à se soustraire de l'attention d'Ève, qui s'ébattait avec Géraldine-Marie dans les jeux d'eau. Elle put ainsi nager et surtout se dorer au soleil, aux côtés des autres. Aline, installée sur un transat à l'ombre d'un arbre, sentit les frêles mains de Victoire se poser sur son dos pour l'enduire de crème solaire. Celles-ci descendirent jusqu'à la limite de sa poitrine, puis de sa nuque au bas de son dos. Ne voyant pas de réaction lui indiquant qu'elle outrepassait son rôle, elle entama de mettre de la protection sur les jambes inertes de la jolie Rousse. Elle commença des pieds et remonta jusqu'à ce que ses doigts entrèrent en contact avec l'intimité d'Aline. Elle sembla sentir une certaine humidité, mais elle ne sut pas si celle-ci était due à une excitation. Lorsqu'elle créma les fesses, elle constata que le buisson rougeoyant était humide et cela n'était pas dû à une source d'eau extérieure. Elle rougit, mais proposa son aide pour enduire le côté face des jambes. Aline accepta et Victoire prit son temps pour protéger toute sa peau, jusqu'à la limite de son sexe. Elle laissa Aline faire seule la partie supérieur de son corps. Victoire était troublée d'avoir touché ce corps et de voir Aline masser son sexe et ses seins pour faire pénétrer la protection solaire. Elle se posa énormément de questions et surtout sur son orientation sexuelle. Jade la fit revenir à la réalité en lui disant :

- Lorsque tu auras fini de mater le corps d'Aline, pourras-tu me mettre de la crème dans le dos ?

Victoire rougit et se rapprocha de son amie pour enduire son dos et seulement son dos, car elle était capable de faire le reste elle-même.

Après avoir oint Jade, cette dernière fit de même à son amie. Victoire lui fit part de ce qu'elle ressentait et de sa remise en cause de son hétérosexualité, ce qui fit sourire Jade. Aline, ayant entendu la conversation, se permit d'intervenir :

- Tu penses que comme tu as été troublée par le contact ou la vue d'un corps féminin, tu es bisexuelle ? Et bien non ! Si tu aimais les deux sexes, oui ! Mais toi, tu découvres la sexualité et les corps !
  Je suis sûre que Jade a déjà essayé de te faire découvrir le plaisir entre femmes ?

- J'ai un peu honte, mais oui !

- N'ais pas honte, j'ai appris la sexualité avec Laurie, mais je n'aime que les hommes, que mon homme !

Cette discussion avec Aline la rassura et lui fit prendre conscience que sa soif de découvertes n'était pas liée à son orientation sexuelle. Elle aimait Jean, tout en ayant découvert son plaisir avec une femme.

Les journées se succédèrent et se ressemblèrent : petit-déjeuner ensemble et matinée à la piscine où Victoire les rejoignait après sa nuit avec Jean. Puis, déjeuner familial et activités (canoé, parapente, joëlette) pendant la sieste de la petite Ève et de ses mamans. Ensuite, la tribu se retrouvait au bord de la rivière et le soir, ils passaient leur temps avec Jean et Jeanne. Il n'était pas rare de voir Jeanne arriver avec les mamans, et pas seulement parce qu'elle avait veillé sur la petite. Elle savait apprécier le plaisir d'où il venait et les deux femmes n'étaient pas avares lors de leurs rencontres.

Le séjour arrivant à sa fin, Aline invita les jumeaux sur sa terrasse pour faire le point. Elle leur montra et leur envoya les vidéos qu'elle avait faites lors de son séjour, elle fit des recommandations pour améliorer le camping et en faire le lieu idéal à connaître lorsque l'on est en fauteuil roulant. Jeanne et son frère prirent des notes, remercièrent Aline pour son aide précieuse, car ce sera certainement le point de bascule vers un établissement accessible au plus grand nombre.

Le jour du départ, la tribu dut se serrer dans le van, car Victoire, ayant encore une semaine de congé, voulait rester avec Jean. Jade rentra donc avec le groupe et tout le long du voyage, chacun se remémora les moments passés, mais personne ne fit allusion aux dérives sexuelles qui avaient été commises pendant les vacances. Tous émirent le souhait de revenir dans ce camping, pourquoi pas ensemble et pourquoi pas continuer la vie naturiste lorsqu'ils seront seuls chez eux.

Sous l'objectif, promotion du naturisme et souvenirs coquins

Jeanne et Jean avaient été désignés pour faire établir les plans d'aménagement du camping, rechercher les entreprises capables de réaliser les travaux, monter les dossiers de financement auprès des banques, suivre le chantier et enfin faire valider la conformité par une entreprise de certification et l'administration.

C'est pourquoi Aline avait reçu de nombreux messages des jumeaux sur son téléphone et sa boîte mail. Elle faisait ce qu'elle pouvait pour les conseiller, mais avec son travail à l'hôpital, elle avait parfois dû demander de l'aide à Laurie et ses amies ergothérapeutes.

Malgré tout, pour la saison suivante, le camping arbora un nouveau visage, un endroit accessible à tous et pour le montrer, le groupe propriétaire du lieu de villégiature invita Aline à vivre une nouvelle expérience. La seule chose imposée était d'être suivie par un réalisateur et sa compagne photographe, et ce, afin de faire de la publicité pour l'établissement. Aline réfléchit, interrogea ses proches et comme ces images ne montraient que le strict nécessaire, elle donna son accord pour sa participation à ce projet, mais elle demanda à être accompagnée de sa tribu. Elle n'avait pas exigé de compensation financière pour son aide tout au long de la réalisation, alors il lui semblait normal que le groupe fasse ce geste commercial.

La firme ayant accepté sa demande, Aline et sa tribu arrivèrent quelques jours plus tard et dès son arrivée, elle fut présentée par Jeanne à un homme musclé de presque deux mètres et à une femme aux cheveux longs :

- Aline, je te présente Angélica qui est photographe et son compagnon Antonio, qui lui est réalisateur. Ils te suivront lors de ton planning de découverte !

- Bonjour, comme vous l'a dit Jeanne, je suis Aline et, accessoirement, le modèle handicapé ! Dit-elle en leur serrant la main.

- Buongiorno Aline ! Dit l'homme avec un accent sicilien.

- Bonjour Aline ! Comme tu as pu l'entendre, mon chéri est italien, mais il sait parler français et il doit le faire !

- Allons à vos bungalows et si cela ne vous dérange pas, dit Jeanne, Aline, mets-toi à l'aise et nous pourrons faire les images du lieu de vie avant que vous l'investissiez à fond !

- Pas de problème ! répondit toute la troupe.

Aline entra seule dans le mobil home, sous les objectifs du couple, et lorsqu'elle en ressortit, elle fut surprise de les retrouver nus. Si tous deux étaient bruns et à la peau halée, la musculature de l'homme faisait penser que sa compagne ressemblait à une petite brindille. Pourtant, Angélica, bien que fine et ayant une petite poitrine, mesurait aux alentours d'un mètre soixante-quinze.

Le couple la suivit à l'intérieur et lorsqu'Antonio leva ses lunettes de soleil, Aline ne put ignorer ses beaux yeux turquoise, dont la couleur était accentuée par la teinte de sa peau. L'homme tourna autour d'elle pour la filmer sortir de la chambre, se faire couler un café ou encore se doucher. Elle vit que l'image qui se reflétait dans l'écran de son appareil ne le laissa pas de marbre, car son sexe prit de l'ampleur et Angélica, bien qu'occupée par ses prises de clichés, le remarqua et l'interpella :

- Antonio, tu pourrais te retenir, tu commences à bander !

- Désolé, mais voir un si beau corps me donne des idées peu raisonnables !
- Merci pour le compliment, qui est sincère lorsque je vois les proportions que ton sexe a pris ! Dit Aline en détaillant l'organe de l'homme.
- Tu ne peux pas ressortir du bungalow dans cet état ! S'indigna Angélica.
- Je ne vois que deux solutions, soit vous me laisser me masturber mais ça va être long, soit tu t'occupes de moi et ce sera plus rapide !
- Aline, pourrais-tu nous laisser seuls ? Dit Angélica, avec une certaine excitation dans la voix.
- Ma présence vous gêne ? Parce que moi, j'adorerai vous regarder.

Angélica s'approcha de son amoureux et, sous les yeux d'Aline, l'embrassa passionnément. Les bruits des langues et de leurs dents rentrant en contact se firent entendre. La jolie Brune déposa des baisers sur la peau d'Antonio, tout en se laissant choir à ses pieds, la bouche à hauteur de son sexe, qu'elle lécha de la base jusqu'au gland et le prit ensuite entre ses lèvres. Elle entama une fellation qui n'était pas sa première, étant donnée la façon dont elle s'illustra et la manière dont elle défia du regard son partenaire. La vue du corps des deux femmes présentes avec lui dans cette salle de bain, combinée à la caresse buccale de sa compagne, fit qu'Antonio ne put se retenir et éjacula entre les lèvres d'Angélica. Lorsque celle-ci se redressa, Angélica vit qu'Aline avait son appareil photo entre ses mains. D'une main, elle essuya les quelques traces présentes aux commissures de sa bouche, puis regarda les vues qu'avait prises Aline. La jolie Rousse avait été une véritable reporter ! Elle avait mis en image chaque instant du moment charnel qui venait de se produire, sans oublier les regards qu'Antonio avait lancés en direction du corps de la photographe du moment.

Après cet instant hors du temps et le sexe d'Antonio ayant repris des proportions respectables, ils sortirent tous les trois du bungalow et retrouvèrent le reste du groupe au niveau du second logement, pour leur signifier qu'ils allèrent continuer les prises de vues dans différents endroits du camping et qu'ils pouvaient à présent investir le bungalow adapté.

Aline parcourut l'allée principale en direction de l'accueil, lorsque Angélica l'interrompit :

- Aline, pourrais-tu garder pour toi ce qu'il s'est passé ? Je ne voudrais pas être définitivement écartée de la publicité.

- Ne t'inquiètes pas, je resterai aussi muette que Christophe est aveugle ! Il n'est pas mauvais de se faire du bien et moi, j'ai adoré vous regarder et vous photographier, vous m'avez donné une idée !

- Laquelle ? Dit Antonio.

- Je vais photographier mes amis lorsque nous copulons ensemble !

- Tu veux dire que vous baisez tous ensemble ? Même les mamans lesbiennes ? Dit-il avec les yeux prêts à sortir de leurs orbites.

- Oui, nous sommes un groupe d'amis, nous sommes également amants et, pour information, Laurie, la Brune, est bisexuelle ! Moi, je suis une hétérosexuelle curieuse des plaisirs de la vie et donc il m'arrive de le faire avec les femmes !
- Même si je ne suis pas une experte de ce genre de clichés, j'ai trouvé les tiens assez réussis et pour te remercier, nous pourrions vous offrir nos services si vous voulez avoir des souvenirs un peu différents de votre séjour.
- Merci, je vais le proposer à mes amis, mais nous avons Jade, la fille d'Annette, dans notre bungalow et Ève dans l'autre. Je pense que ce sera possible si Jade garde la petite, mais elle aime bien sortir le soir.
- Sinon, ma petite sœur pourrait venir la garder ! dit Angélica qui sembla chercher toutes les solutions lui permettant de réaliser son fantasme de voyeuse.

Antonio, Angélica et Aline reprirent leur planning de travail en réalisant des images de tous les endroits du camping, sans oublier la piscine qui avait bénéficié d'un élévateur permettant de mettre à l'eau une personne à mobilité réduite. Mais le clou du spectacle était la plateforme permettant de descendre à la rivière sans avoir à emprunter le chemin et ainsi économiser son énergie. La plage de galets avait été recouverte d'un tapis en polyester antidérapant sur une largeur d'un peu plus de deux mètres, permettant ainsi, avec un fauteuil roulant, d'accéder à la plage de galets jusqu'au bord de la rivière et même de faire demi-tour sur celui-ci. Le camping avait acheté un fauteuil de mise à l'eau permettant d'emmener une personne à mobilité réduite près de la rivière pour mettre ses pieds dans l'eau ou tout son corps. Les images faites, le trio retourna à la piscine où la tribu les attendit et le couple s'éclipsa tout en disant à Aline de bien réfléchir à leur proposition.

Profitant qu'Ève jouait dans l'eau avec Jade, Aline parla de la proposition d'Angélica et si Jade ne pouvait garder la petite, la photographe proposait de demander à sa sœur. Tous se regardèrent, s'interrogeant du regard, puis unanimement, trouvèrent que ce serait excitant de s'exhiber devant des objectifs. Mais avant de prévoir une soirée, il fallut interroger Jade qui avait déjà organisé ses soirées pour la semaine et donc, Aline dut contacter la photographe pour arranger une soirée dès que la sœur d'Angélica serait disponible.

Le lendemain soir, tout fut réuni pour que le projet porn-art fut lancé. Jade devait dormir hors du camping, au domicile d'amis organisant une fête et la sœur d'Angélica pouvait être disponible pour garder Ève. Aline expliqua à la photographe qu'elle et son compagnon devraient dire à l'accueil qu'ils étaient invités par Aline pour les remercier de leur travail et que sa sœur était là pour s'occuper de la petite.

Vers dix-neuf heures, en quittant le camping, Jade croisa les deux professionnels et la jeune femme les accompagnant. Elle les salua, mais fut surprise de les voir débarquer du matériel de leur véhicule. Elle monta dans la voiture venue la chercher et les trois autres partirent en direction des mobil-homes.

Arrivé devant le bungalow des mamans, le trio fut accueilli par une Laurie dénudée qui les convia à entrer dans le logement où la seconde maman sortit de la salle de bain dans la même tenue que sa compagne et avec leur fille. Angélica prit la parole :

- Je vous présente Lucia, ma petite-sœur qui est tout juste majeure !
- Enchantée de te connaître, Lucia ! Je suis Laurie, l'une des mamans de cette grande fille, qui se prénomme Ève !
- Moi, c'est Géraldine-Marie, mais tu peux m'appeler Géraldine !
- Enchantée, mesdames et mademoiselle ! Suis-je obligée d'être nue ? Dit Lucia.
- Tant que tu restes dans le bungalow, tu fais comme tu veux ! C'est la première fois que tu viens dans un endroit naturiste ?
- Oui, je ne connais pas les codes !
- Tu peux rester habillée si tu es pudique, sinon tu peux te dévoiler tout au long de ta soirée avec Ève ou tout d'un coup ! Lui dit Laurie.

Lucia faisant du football, il lui arrivait régulièrement de se retrouver nue devant d'autres femmes, mais la présence de son beau-frère la gêna et sa compagne lui demanda de sortir. Angélica voulut donner de l'entrain à sa sœur et se déshabilla, un signal que la jeune femme comprit et un instant plus tard, les deux sœurs furent nues devant les occupantes du bungalow. Si Lucia était comme sa sœur, mince, brune et à la peau naturellement halée, elle avait bien quinze centimètres de moins qu'Angélica, centimètres qu'elle avait largement récupérés en tour de poitrine tant celle-ci fut volumineuse.

Après avoir donné leurs instructions, les mamans et Angélica retrouvèrent Antonio sur la terrasse, qui avait profité de l'attente pour se dévêtir, et ensemble, ils allèrent retrouver les quatre autres membres de cette communauté un peu différente. Antonio fit semblant de devoir poser son matériel pour laisser les trois femmes passer devant lui et ainsi avoir tout le plaisir de regarder le balancement de leurs postérieurs. Et vu l'exagération des trois nymphes, elles avaient certainement compris son stratagème.

Le second bungalow n'étant pas très éloigné du premier, ils arrivèrent vite et aussi rapidement, l'éclairage mobile fut monté et les rideaux fermés afin de ne pas s'attirer des ennuis. Le réalisateur et la photographe avaient sûrement établi une façon de travailler, car par un regard, ils savaient où se mettre et quoi faire.

Les quatre femmes commencèrent par s'embrasser, puis leurs mains parcoururent leurs corps, caressant leurs seins et leurs fesses. Louis transforma la banquette en couchage d'appoint, sur lequel Géraldine-Marie se coucha sur le dos et Annette vint se mettre tête-bêche au-dessus d'elle afin de pouvoir cajoler son sexe tout en offrant le sien à sa partenaire. Aline fut couchée sur la table, Laurie embrassa et lécha ses lèvres recouvertes d'une fine toison rousse, lui faisant ouvrir la bouche pour exprimer son plaisir, une bouche qui fut bientôt investie par le pénis de Christophe. Angélica fut subjuguée par la facilité qu'avaient les couples pour oublier sa présence et celle de son homme, mais ce qui l'impressionna le plus, ce fut de voir qu'Aline avait une sexualité si épanouie, alors que tant d'autres personnes se morfondaient pour bien moins de difficultés dans leurs vies.

Lorsque Laurie laissa sa place à Christophe entre les jambes de la jolie Rousse, elle vit que la situation n'avait pas laissé indifférent Antonio, car il arborait une flèche pointant vers le ciel. Elle demanda la permission au couple de professionnels et s'agenouilla pour emboucher le sexe de l'homme, qui ne put s'empêcher de filmer celle qui faisait un tel hommage à son obélisque de chair, sans oublier de continuer de mettre en image Christophe et Aline, puis Géraldine-Marie et Annette se léchant la vulve, pendant que Louis pénétrait sa compagne.

Angélica, alors qu'elle prenait des clichés de la scène orgiaque, fut surprise de découvrir une ombre au niveau de la baie vitrée. Elle regarda sur son appareil et elle vit que l'ombre était celle de Jade, aussi nue que les autres et la main au niveau de la fourche de ses jambes. Que devrait-elle faire ? Prévenir les protagonistes, arrêter tout alors que la jouissance finale n'était pas encore atteinte ? Faire comprendre à Jade qu'elle avait été vue et risquer de la couvrir de honte ? Non, elle décida de laisser tout le monde profiter de l'instant et de continuer de faire ce qu'elle savait faire, sans être indifférente à ce qu'elle vit sous ses yeux. Même si son excitation n'était pas aussi visible que celle d'Antonio, la cyprine coulant le long de ses cuisses divulgua l'état de son sexe.

Les hommes ne tardèrent pas à éjaculer, Antonio dans le préservatif qu'il avait mis pour pénétrer le sexe de Laurie et les deux autres dans le sexe de leurs compagnes. Les femmes ne furent pas en reste d'orgasmes, que ce fussent par une langue, un sexe ou même les deux. Angélica vit que son compagnon avait dû bien apprécier le moment, car il affichait le sourire qu'elle lui connaissait lorsqu'il venait de jouir. Un plaisir qu'elle aurait aimé partager avec eux, mais elle n'avait pas osé demander à participer.

Jade attendit que la pièce reprit l'aspect qu'elle avait avant son départ et que les personnes présentes furent assises autour de la table pour rentrer nue dans le bungalow, en disant que sa soirée avait été si inintéressante qu'elle avait préféré rentrer maintenant, omettant volontairement de dire qu'elle avait regardé les couples coïter et même se partager. Elle omit également de dévoiler qu'elle s'était donnée du plaisir en faisant la voyeuse. En quittant leurs nouveaux amis, Angélica demanda à Jade de l'aider à rapporter le matériel et ainsi faire moins de bruit pour les campeurs, une excuse qui lui permit d'avouer à la jeune femme qu'elle avait aperçu une voyeuse lorsqu'elle était derrière son appareil et qu'elle l'avait même prise involontairement en photo. Devant l'embarras que montra Jade, elle lui dit qu'elle était dans le même état qu'elle, mais qu'elle n'avait pas osé prendre plus de plaisir qu'avec les yeux. Jade, rassurée par les paroles de la photographe, rentra à son bungalow. Quant à lui, le couple, après s'être rhabillé, rejoignit le logement des deux mamans, récupéra Lucia et ils rentrèrent tous trois chez eux.

À la fin du séjour, Angélica et Antonio vinrent pour voir une dernière fois leurs amis, mais surtout pour leur remettre trois clés USB contenant les clichés et la vidéo légèrement retravaillée. Devant le regard interrogatif de Jade, Angélica lui fit un clin d'œil et lui dit doucement que si elle souhaitait un jour venir seule, elle et son compagnon seraient ravis de la recevoir et même de faire d'elle leur modèle. Jade les remercia et leur fit savoir qu'elle était plus que partante de se laisser porter par leur créativité. Les coordonnées furent échangées et après avoir remercié leurs hôtes, la tribu repartit dans leur grand van.

Jade s'offre un court et intense séjour

Les mois passèrent et pendant un week-end prolongé, Jade partit chez Angélica et Antonio, où elle eut droit d'être photographiée dans plusieurs tenues qu'elle avait apportées et même pendant qu'elle se déshabillait. Elle fit même une séance avec le couple nu. Un jour, ils firent tous les trois des clichés en extérieur avec Lucia, la sœur d'Angélica, et à la surprise de tous, celle-ci proposa de se mettre nus au bord d'une rivière et de se baigner dans l'une des cuvettes naturelles présentes dans le cours d'eau.

Le soir venu, Lucia resta chez sa sœur et fut invitée par Antonio à l'aider pour déplacer son matériel vidéo dans le salon. Assise sur le canapé, elle vit tout d'abord Angélica et Jade se déshabiller mutuellement en s'embrassant avec fougue, se caresser les parties dénudées et enfin se mettre tête-bêche, se donner du plaisir avec leurs bouches et leurs doigts. Ensuite, Antonio apparut nu et il approcha son sexe en érection du sexe de sa compagne et pendant qu'il la pénétrait, avec sa langue, Jade alterna entre le clitoris d'Angélica et la verge ou les testicules d'Antonio. L'homme ne tarda pas à jouir tout comme les deux femmes. Lucia fut mi-troublée, mi-excitée, par la scène à laquelle elle venait d'assister. Vierge de tout contact charnel et ayant eu une éducation stricte et religieuse, elle n'avait jamais vu de couple faire l'amour, alors pour une première, elle avait été la spectatrice d'un triolisme sous les objectifs de caméras. Elle entendit Angélica, Jade et Antonio parler d'une soirée chaude au camping et elle fit le rapprochement avec le soir où elle avait gardé la jeune Ève, pendant que ses mères étaient occupées avec les adultes présents dans le second bungalow. Lucia se dit qu'ils avaient sûrement fait un jeu sexuel à plusieurs. Mais quels étaient les rôles d'Angélica et d'Antonio ? Avaient-ils juste fait des images ou avaient-ils participé ? De nombreuses questions qu'elle n'osa pas poser à sa sœur et le départ de Jade le lendemain ne lui permit pas de trouver les réponses. Cela resterait donc un secret entre les personnes présentes ce soir-là, dans et hors du mobil-home.

La vie continue malgré les handicaps

En quelques années d'existence, la société *Louis à l'écoute de votre handicap*, en plus de l'aménagement sur mesure de lieux de vie, sortit de nouveaux modèles de véhicules de la gamme *Autonomie*. Après la citadine électrique qui avait été un franc succès, la société voulut permettre à tous de découvrir son système et, ayant pris en compte que les bornes de recharge n'étaient pas des plus pratiques, elle proposa d'adapter cette technologie sur tout type de véhicules neufs. Les demandes furent si nombreuses que Louis et Christophe, bien qu'aidés par un technicien-installateur, furent débordés. Annette fit passer des entretiens permettant à deux femmes et un homme de rejoindre l'équipe. L'une d'elles aida Annette dans l'accueil des clients et la mise en place des dossiers d'aides, la seconde assista Louis et Christophe, et l'homme déchargea le technicien actuel, en s'occupant également de la mise en place des systèmes chez les clients ainsi que de l'entretien.

Aline, quant à elle, fut la première gynécologue-obstétricienne en fauteuil roulant, voulant faire de sa différence sa référence et elle créa avec Laurie et Géraldine-Marie un centre de santé gynécologique et obstétrique pour les personnes handicapées. Un endroit où les femmes handicapées furent reçues décemment et où elles eurent accès à une gynécologue-obstétricienne qui ne les jugea pas. Elle était accompagnée d'une assistante formée à la langue des signes, qui pouvait être présente pour les aider.

Aline aida de nombreuses femmes handicapées qui eurent des problèmes de grossesses non désirées dues à des rapports qu'elles pensaient protégés, mais des hommes profitant de leur faiblesse avaient ôté le préservatif avant de les pénétrer. La doctoresse les accompagna dans leurs choix et si elles ne voulurent pas le garder, la jolie Rousse se chargea de contacter l'hôpital pour demander une IVG[18] dans un délai raisonnable et organisa une rencontre avec Géraldine-Marie pour mettre en place un suivi psychologique.

Par bonheur, Aline suivit également des femmes enceintes ou souhaitant l'être. Ces femmes avaient besoin d'un suivi adapté et de nombreux médecins étaient incapables de leur offrir cela, c'est pour cette raison que le centre avait été créé. La maison médicale disposait d'équipements adaptés et de personnels formés et à l'écoute des problèmes de leurs patientes. La politique du lieu était que si vous souhaitâtes porter la vie, nous chercherons les moyens possibles pour vous le permettre. Ce fut pour cela que la gynécologue suivit et assista ses patientes jusque dans leurs parcours d'aide à la procréation.

Parfois, les handicaps furent génétiques et il fallut diriger ces femmes et ces couples vers un généticien pour les accompagner dans leur parcours de fécondation in vitro[19] avec un diagnostic préimplantatoire[20]. Un parcours médical long et qui ne laissait pas indemnes les couples. C'est pourquoi il leur fut toujours proposé de consulter la psychologue.

Dans son cabinet, Aline parlait à ses patientes des lingeries LIBERARE, adaptées aux différents handicaps par leurs systèmes de fermetures facilitées. Les patientes, qui souvent

---

[18] IVG ou Interruption Volontaire de Grossesse
[19] La Fécondation In Vitro (FIV) ou fécondation extra-corporelle consiste à reproduire en laboratoire ce qui se passe naturellement dans les trompes (la fécondation) et les premières étapes du développement embryonnaire
[20] Le diagnostic pré-implantatoire consiste en l'analyse génétique de cellules prélevées à partir d'embryons issus de la fécondation in vitro. Il permet à des couples à risque élevé de transmettre une maladie génétique d'éviter l'épreuve du diagnostic prénatal et d'une éventuelle interruption de grossesse.

étaient découragées par le prix des éléments adaptés aux personnes handicapées, étaient agréablement surprises quand elles entendaient le prix, qui n'excédait pas celui des lingeries de grandes marques.

La maison de santé comptait également, en son sein, deux sage-femmes avec de l'expérience dans l'handiparentalité et une des deux pratiquait la langue des signes. Elles faisaient le lien avec le médecin, suivaient les grossesses des femmes en situation de handicap, le post-partum et mettaient en place une contraception adaptée à chacune d'elles. Les sage-femmes accompagnaient leurs patientes lorsqu'elles accouchaient dans l'un des hôpitaux du secteur et cela arrangeait bien les professionnels hospitaliers qui se sentaient trop peu formés dans la prise en charge de personnes handicapées.

Laurie, qui comme sa compagne avait rejoint la structure, créa un gymnase adapté aux femmes handicapées enceintes ou se remettant d'une grossesse. Elle les fit ainsi travailler la musculation de leurs corps afin de porter un enfant, s'en occuper seule si possible et enfin leur donner des techniques de préhension et de manipulation sans se blesser. Dans une salle annexe, la kinésithérapeute aida les femmes qui le purent à remuscler leurs périnées. Elle se servit aussi de cet espace pour soulager les tensions dans le corps de ses patientes.

Le centre accueillait une fois par mois des conférences parlant de l'handiparentalité, de la sexualité des personnes handicapées, de la lingerie adaptée ou encore des lieux à découvrir lorsqu'on était handicapé.

Lors de la conférence sur la sexualité des personnes handicapées, Aline fut l'une des oratrices. Elle rappela les droits des personnes handicapées, droits qui furent aussi limités que le handicap de la personne. Elle fit savoir qu'en France, il existait des personnes formées souhaitant aider les personnes handicapées à découvrir ou redécouvrir la sensualité et la sexualité. Mais hélas, ceci était considéré par la loi comme de la prostitution et si une tierce personne mettait en contact une assistante sexuelle avec un bénéficiaire, ceci serait considéré comme du proxénétisme. Ce fut pour cela que deux associations, belge et suisse, furent invitées pour expliquer en quoi consiste le métier d'assistant sensuel, érotique et sexuel. Les représentants de ces deux associations expliquèrent que des personnes étaient formées et exerçaient dans ces pays limitrophes. À la fin de la conférence, ils invitèrent les personnes de l'assistance souhaitant les contacter à le faire soit grâce aux coordonnées indiquées sur les prospectus se trouvant devant eux ou sur leurs sites internet. À la fin de la soirée, Christophe intervint pour dire que chaque personne était différente et que même si la technologie évolue, la robotique étant réalisée en série, elle était incapable de convenir à tous. Elle n'avait pas la tendresse d'un humain et ici, les personnes n'avaient pas seulement besoin de sexe, mais également de sensualité.

Dans une autre conférence, Victoire, qui avait quitté son emploi et sa région pour rejoindre Jean et devenir la comptable à mi-temps du camping, vint avec Jade afin de présenter leur agence de voyage en ligne dédiée aux personnes handicapées et à leurs proches. Elles mirent en avant que trop souvent, lorsque l'on choisissait un endroit adapté aux personnes à mobilité réduite, même si le fauteuil roulant n'était pas trop grand, les personnes avaient seulement accès à une chambre, aux toilettes et à la salle de bains. Avec elles et leur agence, les personnes avaient la possibilité de connaître les dimensions de passage dans chaque pièce, de voir les extérieurs et d'être surs que tout était praticable. Chaque activité proposée était évaluée afin de conseiller au mieux les clients selon leurs déficiences. Pour illustrer leurs propos, les deux femmes présentèrent une vidéo, dans laquelle elles expliquaient le fonctionnement du site. Les spectateurs virent juste des doigts sur une tablette et lorsque la proposition de voyage fut le camping naturiste, l'assistance eut un mouvement de réaction… Lorsqu'elle vit Aline apparaître nue, la réaction fut encore plus vive. Chacun put se rendre compte que rien n'entravait les mouvements de la doctoresse et que le lieu était accessible à tous. À la fin de la vidéo, une phrase apparut : « *Ne vous demandez plus si vous pouvez partir. Dites-nous ce dont vous avez besoin et nous nous chargeons de votre bonheur.* » Des flyers furent mis à la disposition du public et les deux jeunes femmes répondirent aux questions et, bizarrement, beaucoup tournèrent autour du camping. Jade leur vanta les qualités du lieu, la beauté de l'environnement proche et elle témoigna qu'elle avait vu là-bas deux personnes s'épanouir et oublier leurs handicaps. Elle omit de dire que ces femmes étaient Victoire et Aline, même si le public venait de voir la seconde dans la vidéo de promotion.

Aline et Laurie, même si elles n'eurent pas voulu ébruiter leur secret, un jour, elles ne purent plus cacher leurs ventres s'arrondissant et durent annoncer leurs grossesses. Si elles purent ouvertement dire qu'elles eurent le même donneur de gamètes, il fut encore tabou d'annoncer que ce fut deux conceptions In

Vivo[21]. Le monde ne fut pas prêt à connaître et à admettre leur communauté si ouverte.

Quelques mois après, Aline donna naissance à un petit Adam, un garçon vigoureux aux yeux verts et avec quelques cheveux roux. Deux jours après ce fut à Laurie de donner une sœur à Ève, une petite Lola, brune et aux yeux marrons. A croire que la nature avait bien fait les choses, car les deux enfants ressemblaient beaucoup à leurs mamans mais tous deux, comme Ève avant eux, portaient une tâche de naissance sur la fesse gauche, un signe hérité de leur géniteur qui avait la même.

Pendant toutes ces années, les handicaps d'Aline et Christophe n'avaient pas été simples à surmonter, mais la volonté et le soutien de leurs familles et de leurs amis leur avaient permis de se dépasser, de se créer des vies professionnelles riches et intenses et surtout de connaître l'amour, le plaisir et de fonder une communauté, une grande famille atypique.

---

[21] Conception In Vivo : Conception naturelle (en latin In vivo signifie dans le vivant)